내 쪽으론 숨도 쉬지 않았다

스푼북은 마음부른 책을 만듭니다. 맛있게 읽사, 스푼북!

스푼북 청소년 문학

내 쪽으론 숨도 쉬지 않았다

초판 1쇄 발행 2018년 11월 22일
초판 2쇄 발행 2019년 5월 2일

글 장혜서

ⓒ 장혜서 2018
ISBN 979-11-88283-42-2   43810

발행처 주식회사 스푼북 | 발행인 박상희 | 출판신고 2016년 11월 15일 제2017-000267호
제조국 대한민국 | 주소 (03968) 서울시 마포구 성미산로 29, 302호
전화 02-6357-0050(편집) 02-6357-0051(마케팅)
팩스 02-6357-0052 | 전자우편 book@spoonbook.co.kr

쉬지 않았다
숨도
내쪽으론

장혜서 글

스푼북

차례

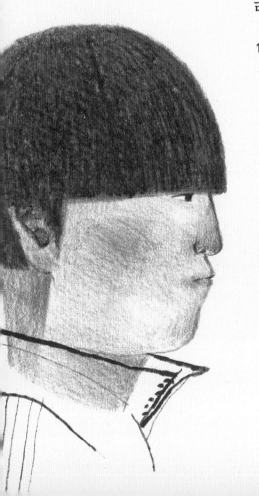

나를 유괴한 사람이 누구였는지 지금은 안다. 하지만 아홉 살이던 그때는 몰랐다. 오후 다섯 시 집 앞 계단에 앉아 학원에서 돌아올 친구를 기다리고 있었다. 검은 코트를 입고 있었다. 계단이 얼어 엉덩이가 시렸다. 노랗고 둥근 차가 앞에 멈춰 섰다. 운전석에서 남자가 내렸다. 남자는 더러운 점퍼 주머니에 양손을 넣고 내 앞에 섰다. 나를 보는 것 같았는데 내 쪽에서는 그의 눈이 잘 보이지 않았다. 방치해 자라난 앞머리에 눈이 덮여 있었다. 깊이 찌른 삽의 끝에 묻어 올라온 축축한 흙 같은 느낌의 남자였다. 앙상한 몸 전체로부터 매캐한 냄새가 났다. 그가 말했다.

"네가 꼭 봐 줘야 하는 게 있는데 갈래?"

연기 속에서 오래 콜록거리다 나온 것 같은 목소리였다. 꼭 봐 줘야 하는 게 있다니 가야겠다는 생각이 들었다. 나는 계단에서 일어섰다. 일어선 내가 그의 눈에 어떻게 보였는지, 9년 후 다시 만났을 때 그는 이렇게 말했다. 그때 그 여자아이는 조용히 곤두선 검정이었다고.

남자는 나를 태우고 대공원으로 갔다. 입구를 지나 걸어 들어갔다.

추워서인지 사람은 거의 없었다. 완성된 솜사탕들만 손님 없이 판매
대에 꽂혀 있었다. 나는 솜사탕을 손가락으로 가리켰다. 분홍색이 예
뻐서였다. 사 달라는 줄 알았는지 그는 멈칫했다. 솜사탕을 한참 보
더니 내게 물었다.

"솜사탕이 얼만 줄 아니?"

나는 고개를 저었다.

"아마 백 원만 더 보태면 소주를 살 수 있을 거다."

소주가 뭔지는 몰랐지만 그의 갈증은 알 수 있었다.

"솜사탕은 단맛을 내는 희귀한 거미줄을 모아서 만들어. 솜사탕 하
나를 만드는 데 백 마리의 거미가 백 일 동안 뽑아낸 거미줄이 필요하
대. 왜냐면 백 일 중에 단 삼 일만 분홍색 거미줄이 나오거든. 분홍거
미라고 부르는데, 다리가 바늘 끝처럼 길고 뾰족해서 그게 팔 위를 걸
어가고 나면…… 바늘 자국으로 오해받기 쉬운 발자국이 남아."

분홍거미가 너무 불쌍해서 나는 평생 솜사탕을 먹지 않겠다고 결심
했다.

"저기 봐라. 분홍거미다."

나는 그가 손끝으로 가리키는 곳을 올려다보았다. 티끌만큼 작은
거미가 휘청휘청 허공을 가로질러 가고 있었다. 분홍거미가 분홍색일
거라고 생각한 것은 나의 오해였다. 분홍거미는 검은색이었다.

하지만 봐야 한다는 게 분홍거미는 아니었다. 그는 내 손을 잡고
자꾸 대공원 안쪽으로 들어갔다. 멈추지 않고 염소 우리와 비버 우리
를 지나갔다. 조랑말이 꼬리를 직각으로 들고 똥을 뚝뚝 떨어뜨리고
있었다. 낙타에게 포도알을 던져 주던 여고생이 우리가 지나가자 포
도를 주머니에 숨기며 고개를 숙였다. 식물원을 통과해 나가자 작은
건물이 나타났다. 그는 익숙하게 열쇠로 문을 땄다. 나에게 들어가라
고 손짓했다. 멀리서 누군가 녹슨 그네를 구르는 소리가 끼익끼익 들
리고 있었다. 나는 뒤돌아보았다. 울창하고 눅눅한 식물원 너머 하늘
로, 솟구친 분수대의 물줄기가 반짝거렸다.

그때 식물원 내에 있는 낡은 놀이터에서 그네를 타며 자살할지 말
지를 고민하고 있던 여자가 그만 너무 세게 발을 굴렀다. 의도치 않게
높이 올라간 그네가 공중의 정점에서 멈춘 순간, 여자는 한 남자가 작

8

은 여자애를 창고 같은 곳으로 데리고 들어가는 것을 보았다. 다음 순간 그네는 하깅했고, 여지는 근치에서 얼어 죽은 새끼 고양이를 묻고 있던 늙은 관리인에게 제보했다.

경찰차에 밀어 넣어지면서 그는 "나중에. 나중에⋯⋯."라고 몇 번이고 중얼거렸다. 꼭 봐야 하는 게 뭐였냐고 내 눈이 끈질기게 묻고 있었던 것이리라.

그 이후의 삶은 그 이전의 삶과 딱히 다르지 않았다. 무언가가 훼손되었다 해도 정작 나는 몰랐을 것이다. 그것은 잠복해 있는 무엇이었다. 베인 상처에 몰려드는 박테리아처럼, 혹은 틈새에 떨어진 식빵 조각에 피어나는 곰팡이처럼, 존재하지만 단번에 알아챌 수 없는 숨죽인 것이었다. 다만 이후의 나는 울 일이 있어도 눈물이 잘 나지 않았다. 분홍거미처럼 작은 것들에는 민감하면서 일생을 좌지우지할지도 모를 결정적인 것들에는 무심해져 갔다.

히
라

"넌 너무 꾸깃꾸깃해."

히라가 립밤을 바르면서 말했다. 그 입술에서 퍼지는 꿀 향기를 맡느라 승지는 자신이 지적당한 것을 놓칠 뻔했다. 등 뒤에서 홀린 듯 바라보고 있던 그는 히라가 손거울 속에서 똑바로 쳐다보고 있는 것을 깨닫고 황급히 고개를 숙였다. 이마에서 식은땀이 솟았다. 신발 끝을 내려다보며 자신의 무방비함을 자책했다. 주의해야 한다. 멍하니 바라보다 들킨 것이 몇 번째인지 모른다. 히라는 뒤돌아보지도 않고 거울 속에서 화사하게 웃었다.

"꾸깃꾸깃하다니?"

시선은 계속 책을 향한 채로 승희가 물었다. 그 질문이 확인 사살이 된다는 건 알 것이다. 그는 잔디밭이 끝나고 건물이 시작되는 지점의 콘크리트 계단에 앉아 책을 읽고 있었다. 히라는 무용하듯 몸을 빙그르르 돌려 그를 쳐다봤다.

"샌드위치 같은 거 한 번 쌌다가 펼친 은박지 있지? 보면 꾸깃꾸깃하잖아? 그거 같아."

산뜻하게 대답하며 다가간 히라가 승희 옆에 앉았다. 계단이 좁은데도 히라는 굳이 벽과 승희 사이의 작은 공간에 앉는 거였다. 그 모습에 승지는 다시 고통스러워졌다. 작은 오르골 뚜껑을 열었을 때 춤추며 나타나는 태엽 인형 같은 저 몸이 갖고 싶어 견딜 수 없었다.

은기는 그런 승지를 눈치챘지만 내색하지 않고 히라가 잔디 위에 그냥 두고 간 립밤을 집어 뚜껑을 닫았다. 회오리 형태의 홈에 뚜껑을 정확히 맞추고 되도록 천천히 돌려 닫으면서, 뚜껑을 닫는 일에 열중하는 척했다. 히라는 자신의 밀착에도 책에서 눈을 떼지 않는 승희의 어깨를 고양이처럼 살짝 깨물었다.

"너 내일 아빠 만난다며."

반응 없이 책장을 넘기며 승희가 말했다. 늘 집에 가기 싫어하는 히라를 달래서 귀가시키는 역할은 그의 것이었다. 그보다 잘 해내는 사람은 달리 없었고 그것을 본인도 잘 알고 있었다. 히라는 대답하지 않았다. 흐음 하고 콧소리를 낸 것도 같았지만 확실하지는 않았다.

은기는 승지의 두 뼘 정도 옆에, 양팔로 무릎을 안고 앉아 있었다. 교복 치마 밑으로 잔디가 허벅지를 찔렀다. 기울어 가는 햇볕이 따뜻했고 잔디는 노랗게 죽어 가고 있었다. 학교 측에서 더 이상 돌보지 않아 잡초들이 섞여 자라기 시작하고 있었다. 주위로 꽃가루가 나른하게 떠돌았다.

히라는 잘 다듬어진 투명한 손톱 끝으로 승희의 목을 긁적거렸다. 간질이는 것처럼 보였다. 그제야 승희는 책에서 고개를 들었다. 방해가 귀찮아서인지 간지러워서인지는, 언제나처럼 표정에 드러나지 않아 알 수 없었다. 승희는 늘 차가운 대리석 식탁 같은 표정이었다. 눈이 마주치자 둘은 자연스럽게 키스하기 시작했다. 승희는 키스하면서도 손으로는 읽던 페이지에 책갈피로 표시하는 것을 잊지 않았다. 그런 뒤 히라의 교복 앞섶을 세게 움켜쥐고 자기 쪽으로 확 잡아당겼다.

은기는 두 사람이 긴 키스를 하는 동안, 잡초 잎 위에서 타이거무당벌레가 막 기기 시작한 쐐기애벌레를 씹어 먹는 것을 보고 있었다. '이것 좀 봐'라고 말하려고 고개를 들어 승지를 보았을 때, 그는 뛰어난 학자의 명강의를 듣는 사람처럼 키스하는 두 사람의 모습에 몰두해 있었다. 날벌레 한 마리 없이 조용했다. 가끔 잔디만 바람에 흔들렸다. 한참 후 입술을 떼고 승희는 감탄한 듯 낮은 목소리로 말했다.

"이렇게 작은 어금니는 처음이야."

"내가 턱이 작아서 그래."

히라는 대수롭지 않게 대답한 다음 구겨진 교복 앞을 매만지고 리본을 다시 맸다. 검은 리본 끝은 그 흔한 솔기 한 가닥 없이 깔끔하게 마감되어 있었다.

구름이 게으르게 흘러갔다. 승지는 뼈가 툭 튀어나온 두 발목을 잔디밭에 내던지고, 쓰러지듯 풀썩 누웠다. 은기의 왼손은 어째서인지 잔디를 짧게 움켜쥐고 있었다. 움켜쥐었던 손에 살짝 힘을 주어보았다. 잔디는 맥없이 뜯겼다. 은기는 잔디 한 움큼을 승지의 얼굴에 뿌렸다. 잔디는 그의 안경알 위로 후두두 떨어졌다. 승희는 표시해 둔 페이지를 펼치고 다시 읽기 시작했다. 히라는 고개를 뒤로 젖혀 하늘을 올려다보았다. 그러자 문득, 이렇게 보잘것없는 지구의 지표면에 앉아 남자아이와 키스나 하고 있는 자신이 평범하고 흔해 빠진 여자애처럼 느껴졌고 그러자 견딜 수 없이 싫어져서 오늘밤 집에 돌아가 이불을 뒤집어쓰고 심하게 울자고, 그렇게 생각했다.

네 사람이 몸을 일으킨 건 오후에서 저녁으로 넘어가고 있을 때였다. 승지는 머리에 잔디 몇 개가 붙은 것도 모른 채 벗어둔 운동화를 구겨 신었다. 은기는 이미 깨끗하게 턴 치마를 괜히 세 번 정도 더 터는 척하며 승희와 히라가 움직이기를 기다렸다. 히라가 긴 머리를 손가락으로 빗어 내리며 교문 쪽으로 걷기 시작했다. 승희가 주머니에 손을 꽂고 비슷하게 같이 걸었다. 그제야 승지가, 그리고 은기가 뒤따랐다. 늘 그런 순서였다. 그게 자연스러웠다. 승희가

다 읽은 책이 계단 위에 그대로 있는 것을 발견한 승지가 그를 불렀다.

"책 가져가."

"버린 거야."

내용이 맘에 들지 않았던 모양이다. 우리는 익숙했다. 승희는 그런 식으로 자주 뭐든 쉽게 버렸다. 책은 아무렇게나 던져져 있었다. 세 명이 저만치 간 걸 확인한 다음, 은기는 책을 집어 들어 펼쳤다. 마침 방해하려는 것처럼 바람이 불었고 차르르 페이지가 넘어갔다. 바람이 멈췄다. 은기는 펼쳐진 부분을 읽었다.

「……어떤 이들은 그렇게만 살 수가 없다. 그는 유기적 욕구와 관계없는 많은 관념과 감정, 그리고 관행을 가지고 있다. 우리가 참여하는 외부의 존재가 아무것도 아니라면…… 남은 것은 조금만 성찰해도 사라지게 될 인위적 환상들뿐이고…… 결국 그는 생존의 이유를 상실하게……」

순간, 히라가 새되게 불렀다.

"뭐 해? 두고 간다!"

❦

교문을 나서면서 늘 그렇듯이 히라와 은기는 왼쪽으로, 승희와 승지는 오른쪽으로 나뉘었다. 히라가 은기에게 팔짱을 끼며 두 사람에게 손을 흔들었다.

"잘 가."

두 소년은 눈인사를 하고 뒤돌아 걸어갔다. 서로로부터 일정한 거리를 유지한 채 같은 방향으로 걸어가는 뒷모습을 보며 히라가 은기의 귀에 속삭였다.

"쟤네는 집에 가면서 무슨 얘기 할까?"

"아마 별 얘기 안 할 거야."

"하긴."

히라는 수긍했다가 잠시 생각하더니 다시 말했다.

"우린 별 얘기 다 하잖아."

우리가 하는 게 아니라 네가 하는 거야. 은기는 생각했지만 말하지는 않았다. 비꼬는 것으로 오해할 수 있기 때문이었다. 은기는 히라가 혼자 말하는 게 편했다. 그럼 말을 안 해도 되기 때문이다. 히라가 말을 이었다.

"승희 말이, 승지는 하루 종일 내 생각만 한대. 승지가 그렇게 말했냐니까 그건 아니고. 말 안 해도 안대. 그게 자기들한텐 아주 당연하다는 식으로 말하더라. 오히려 나를 이상하게 쳐다봤어. 생각을 다 안다니 쌍둥이라 그런 걸까? 내가 승지 얘기하면 기분 안 좋아 보이는데, 그거 승희가 질투하는 것 같니? 승희도 질투 같은 걸 할까?"

넷이 함께 있을 때, 승희와 승지는 말은커녕 서로를 거의 인지조차 하지 않는 것처럼 행동했다. 적대적인 것과는 달랐다. 다만 남들이 쌍둥이의 관계성에 대해 기대하는 것을 배반하고 싶어 하는 것 같았다.

"배고파. 달을 공갈빵으로 비유한 시인이 누구였더라?"

어두워진 하늘을 올려다보며 히라가 중얼거렸다. 승지에게 물어보면 바로 그 시인의 이름이 튀어나올 테지만 이미 그들의 모습은 멀어지고 없었다. 은기도 하늘을 올려다보았다. 아직 달은 희미했다. 빵이라기보단 어떤 영양소의 부족으로 손톱에 생기는 흰 반점 같다고 은기는 생각했다.

"악인은 반드시 배를 주린다는 말이 있잖아. 그래서 내가 늘 허기진가 봐."

히라는 그렇게 말하며 은기의 팔을 더 바짝 안았다. 달을 먹고 싶을 정도로 허기진 상태에 만족감을 느꼈다. 그래서 뺨을 부드럽게 움직여 웃었다. 그 얼굴에 은기는 자신도 모르게 한숨을 쉬었다. 지나가다 처음 보는 누구라도 분명 매력적이라고 느낄 그런 웃음이었다. 심지어 웃고 있지 않을 때조차도 모두가 그녀를 매력적이라고 느꼈다. 누구든 그녀의 특별한 얼굴을 알아차렸고 돌아보지 않을 수 없었기 때문에 어릴 때부터 히라는 낯선 사람들의 시선에 익숙했다. 그 숱한 시선을 허락하면서 동시에 무시하는 방법도 자연스럽게 익혔다.

그녀가 아주 사소한 행동을 할 때, 가령 각설탕을 감싼 종이 하나

를 벗길 때도 반 아이들의 시선이 쏠렸다. 히라가 길고 가느다란 손
가락을 의식적으로 나른하게 움직인다는 것을 은기는 알았다. 그러
나 그것은 동시에 무의식적이라고도 할 수 있었다. 상대의 시선을
손짓만으로 지배하는 것은 그녀에게는 고질적인, 깊이 배인 습관
이었다. 사소한 미동만으로도 그녀라면 외부를 일제히 주목시킬 수
있었고, 그럴 수 있었던 것은 단지 그녀가 지나치게 아름다워서였
다. 히라는 마치 고대 신화 속 연못에서 걸어 나온 것 같은 기괴한
미모를 갖고 있었다.

은기는 그런 히라에 대해 새앙쳐럼 고봉을 수는 아름다움이라고
생각한 적이 있었다. 평생 보지 못하고 마는 편이 한 번 보고 평생
잊지 못하는 것보다 나을 그런 얼굴이라고.

한편 골목으로 들어선 승지는 상어에 대해 얘기하고 있었다.

"어떤 상어는 새끼들이 부화한 다음 모체의 자궁 안에서 일 년 정
도 성장한대. 그동안 그 안에서 서로 물어 죽여. 식란형 난태생이라
고, 형제를 잡아먹어 양분으로 삼는 거야. 그래서 끝까지 살아남은
가장 강한 새끼 한 마리만 태어난대. 우리가 자궁 안에서 서로 죽이
려고 경쟁했다면 아마 태어난 건 너였겠지?"

"쓸데없는 다큐멘터리 좀 보지 마라."

승희가 기분 나쁜 투로 말했지만 승지는 그 상어의 종류가 뭐였
는지 생각하느라 눈치채지 못하고 있었다.

"샌드타이거상어였나? 아니면 그린란드상어…… 둘 다일지도 모르겠다."

승희가 갑자기 걸음을 멈추는 바람에 승지는 그의 등에 부딪힐 뻔했다.

"다른 형제들은 이런 대화 안 해."

억양 없이 싸늘한 승희의 말이 뱉어진 것과 거의 동시에 아주 멀리서 경적이 울렸다. 그러고 나서 그가 얼음처럼 서 있었기 때문에 승지는 긴장했다.

"다른 새끼들은 그런 말 안 한다고."

"그럼 보통 무슨 대화하는데?"

"대화라고 부를 만한 말을 나누지 않아. 알았어?"

"모르겠어."

"의미 없는 여자 얘기나 한다고."

"야한 얘기?"

"반드시 야할 필요는 없어."

"알았어."

"알았다고 해 놓고 넌 또 하겠지. 상어 새끼들이 엄마 배 속에서 서로 물어 죽인다느니, 어떤 부엉이는 새끼 쥐들을 유괴해서 발을 먼저 잘라 먹고 키워서 비상식량으로 한다느니, 그딴 얘기."

"미안. 그냥 여기 깜깜하고, 골목이고, 좀 춥고 그래서 아무 소리나 한 거야."

18

"하지 마."

"안 할게."

진정하기 위해 숨을 크게 들이쉬고 승희는 다시 걷기 시작했다. 승지는 순순히 따라 걸었다. 자신이 한 말의 어떤 부분이 승희의 신경을 건드렸는지 도무지 알 수 없었다. 아마 아까 읽은 책이 정말 별로였나보다. 그 때문일 것이다. 승지는 그렇게 생각하기로 했다.

일 분쯤은 아무 말 없이 걸었다. 그러나 오래 못 가 승지가 물었다.

"히라는 혀도 작아?"

"……."

"여자 얘기잖아."

승희가 거의 체념해서 대꾸했다.

"그래, 혀도 작다."

"남자 혀랑은 전혀 다르지?"

"뭘 또 그렇게까지 다르겠냐. 같은 포유류인데."

"젖 빨기 좋은 형태로 발달한 건 똑같을 거란 뜻이야?"

"……."

"…… 미안."

"네가 야한 얘기를 하고 있다고 착각할 뻔했다."

"아니야."

"알아."

"히라는 정말 얇아. 아까 너랑 벽 사이로 종잇장처럼 들어가더라니까. 모든 틈새를 다 통과할 수 있을 것 같은 몸이야."

"……."

"히라가 탈피하는 생물이면 좋을 텐데. 그럼 그 허물은 꼭 내가 주울 거야."

승희가 한숨을 내쉬었다.

"깜깜하고, 춥고, 골목이라서 그런 말 하는 거지?"

"아깐 추웠는데 이젠 안 추워. 괜찮아."

"……."

곧 축축한 정원을 사각으로 껴안은 묵직한 한옥이 나타났다. 불 꺼진 집의 모든 창문으로부터 검정이 흘러나오고 있었다. 대문을 열고 어둠 속으로 들어서면서 승희는 차분하게 말했다.

"넌 정말 소름 끼쳐."

승지는 가만히 고개를 끄덕였다. 매우 작은 끄덕임이었지만 승희는 알았을 것이다.

문은 잠겨 있지 않았다. 엄마는 매번 문 잠그는 것을 잊어버린다. 히라의 표정이 구겨졌다. 거실에서 피아졸라의 탱고가 꽝꽝 울리고 있었다. 점점 거칠게 상승하는 음에 반항하듯 일부러 더 나른한 걸음으로 거실로 가는 히라였다. 엄마는 등이 높고 두꺼운 소파에 파묻혀 잘도 잠들어 있었다. 듣지도 않는 음악을 틀어 두고 듣는 척해

보다가 그대로 잠들어 버린 것이리라. 둔중하게 쏟아지는 잠에 단 몇 분도 저항해 보지 않았을 그녀의 유아적인 모습을 떠올리자 히라는 더 기분이 나빠졌다. 음악을 껐다. 찬물 같은 정적에 히라의 엄마가 깼다.

"솔레다드를 들어. 자장가가 필요하면."

갑자기 깬 그녀는 눈을 깜빡이며 멍하니 딸을 올려다보았다. 막 전원을 켠, 그러나 작동이 느린 기계처럼 굴었다. 그것이 히라의 히스테리를 부추긴다는 것을 모르거나 아니면 알면서도 자기 의지로 기민해지는 것이 불가능한 것이리라.

"왔니? 기다리다가 잠이 들었나……."

"뭘 기다려? 말 좀 지어내지 마. 그냥 퍼져 자고 있었으면서."

그녀는 어색한 움직임으로 소파에서 일어났다. 몸을 크게 움직이면 혼이라도 날까 봐 조심하는 작은 동물 같았다. 왜 늦게 왔는지도, 어디에서 뭘 했는지도, 그런 것은 묻지 않는다. 캐묻기나 하는 별 볼일 없는 엄마가 되는 것이 딸의 행방을 모르게 되는 것보다 무서운 것이다.

"브라우니 구워 놨는데, 저녁은 집에 와서 먹지……."

"내가 열세 살 이후로 저녁 먹은 적 있어?"

히라가 빈정거렸다. 거의 습관이었다. 엄마에게 꼬박꼬박 대답을 하는 것은 오로지 비꼬기 위해서일 뿐이다.

"아, 그…… 누구더라, 아, 세진이 엄마한테 전화 왔었어. 너랑 통화가 안 된다고. 내일 학교 끝날 시간에 가겠대. 만나 줄 수 있냐고 부탁하던데…… 어쩌지? 말해 보겠다고만 했어."

그녀는 히라의 주변 어딘가를 헤매는 시선으로 말을 전했다.

"또 전화 오면 그냥 끊어."

세진이 엄마가 며칠 전부터 만나 달라고 사정하고 있었고 히라는 자기 번호를 마음대로 알려 준 담임에게 화가 나 있었다.

"다녀왔습니다."

그제야 은기를 인지한 히라의 엄마는 굳이 쳐다보는 수고를 하지 않고 "그래." 하고 짧게 대꾸한 후 방으로 들어갔다. 몸집이 작은 그녀의 뒷모습은 어른의 치마를 훔쳐 입은 중학교 1학년 여자아이처럼 보였다. 그녀는 늘 발목까지 덮는 긴 치마만 입었다. 긴 치마만 입는 것은 발을 저는 것을 감추기 위해서였지만 은폐가 불균형을 치료할 수는 없었다.

"뭐 저런 게 다 있어."

히라는 엄마의 뒤통수를 향해 차가운 경멸을 표시한 후 인형 같은 다리로 2층 계단을 올라갔다. 은기는 넓은 거실에 혼자가 되었다. 잠시 그렇게 있었다. 하루 중에 철저히 혼자가 될 수 있는 시간은 채 5분도 되지 않았고 그래서 중요했다.

은기는 히라의 엄마가 잠들었던 소파에 앉았다. 정면으로는 히라 부모님이 별거한 뒤로 오랫동안 비어 있는 커다란 서재가 있었고 오른쪽으로는 히라가 어릴 때 사용하던 개인 발레 연습실이 있었다. 안은 깜깜했다. 유리문을 통해 하얀 발레 바가 보였다. 발레 바는 희멀건 대형 동물의 척추 뼈처럼 어둠 속에 떠 있었다. 그걸 보자 처음 히라를 만났던 날이 떠올랐다.

전면 전체가 거울인 방이었다. 일곱 살의 히라가 은회색 발레복을 입고 전신 거울 앞에 서 있었다. 히라의 엄마가 딸에게 인사시키기 위해 은기를 히라 쪽으로 밀었다. 그러나 바닥이 거의 닳은 양말을 신고 있던 은기는 미끄러졌다. 양말 때문이 아니라 단순히 무기력했기 때문일 수도 있겠나. 은기는 비틀거리다 히라에게 가볍게 부딪쳤다. 그러나 히라는 같이 비틀거리지 않았다. 순간 아이답지 않은 숙련된 대응으로 허리와 두 다리에 힘을 주어 꼿꼿이 버티면서 정확하게 팔을 뻗어 은기를 감싸 잡았다. 그것은 보호라기보다는 방어하기 위한 것이었고 꼴사납게 나뒹구는 걸 스스로 결코 허용할 수 없어서였으나 덕분에 은기는 넘어지지 않았다. 마치 발레의 한 동작을 연기해 보인 것뿐이라는 듯 그녀에게는 조금의 흐트러짐도 없었다.

거의 매달리다시피 한 자세로 마주친 히라의 얼굴. 내려다보던 새하얀 얼굴. 아몬드 모양의 눈. 경계가 깨끗한 갈색 눈동자. 높은 코와 둥근 뺨. 그러나 그 유려한 연결. 방금 깨물었다 놓은 것처럼 선명한 입술. 떨어지는 조명 때문에 더 강조된 눈 밑의 그늘. 조금씩 다치기 시작한 마음. 그것을 부정하기 위한 이른 단련. 그러나 고집스럽게 드러내지 않는 표정. 피부로 전해지던 낮은 체온. 텅 비고 도도한 전체. 히라 본인은 정작 아무것도 하지 않았으나 머릿속을 지배하며 순식간에 밀려들어 오던 이야기들. 덕분에 은기는 넘어지지 않았고 그 모습을 잊지 못한다. 그 소녀를 잊지 못한다.

은기는 퍼뜩 소파에서 상체를 뗐다. 히라가 부른 것 같았다. 천장을 올려다보았다. 이 층은 조용했다. 잘못 들은 것이다. 종종 이런 착각을 했다. 히라는 부르지 않는데 부른 소리를 들은 것 같은. 은기는 그날부터 지금까지 이 집에서 살고 있다. 언젠가 히라는 그때의 아쉬웠던 점에 대해 이렇게 말했다.

"엄마가 널 데려온다고 했을 때, 스위스의 빈사의 사자상 앞이나 아니면 뮌헨의 가로등 아래 버려진 애를 주워 왔으면 좋겠다고 상상하고 있었거든."

평범한 보육원에서 온 은기는 미안한 마음이 들었다.

히라의 엄마와 은기의 엄마는 같은 고등학교를 다녔다고 했다. 죽은 친구의 아이라지만 남의 아이를 데려다 키우는 데에는 상당한 동기가 필요했을 것이다. 외가 쪽이 부유해서 경제적인 어려움은 없는 집이었지만 그렇다고 불필요한 피로와 지출이 당연한 것은 아니다. 히라의 엄마가 왜 그런 결심을 했는지는 알 수 없다. 은기가 히라보다 한 살 위였지만 출생 신고가 늦었던 탓에 같이 초등학교에 입학했다. 그 후로 지금까지 십 년 넘게 은기를 먹이고 재우고 학교도 보내 주고 있다. 그저 감사하는 것만으로는 갚을 수 없는 빚이라는 걸 은기는 안다. 이유 없는 선의는 없다는 것도. 슬슬 히라에게 가야 할 때다. 몸을 일으켰다. 소파에 앉았던 흔적이 천천히 복구되어 가는 것을 보면서, 문득 히라의 엄마도 바로 이렇게 앉아 유리문 너머로 발레 하던 어린 딸의 모습을 떠올리고 있었던 게 아닐까, 하고 생각했다.

이 층으로 올라가자 히라가 막 샤워를 마치고 나오고 있었다. 팬티도 입지 않은 히라의 몸은 하얗고 상처 하나 없었다. 미세한 손톱자국 하나 없다. 만약 설원에 머리를 묻고 누워 있다면 영영 발견되지 못할 것 같은 몸이었다. 히라는 은기 앞에서만은 아무렇지 않게 나체로 돌아다녔다. 어릴 때부터 그랬다. 그럴 때마다 은기는 자신이 투명한 생물이 된 것 같은 기분이 들었다. 빛을 투과해 버려서 눈에 보이지도 않는, 그래서 굳이 몸을 가릴 필요조차 느끼지 못하는, 투명하기에 철저히 무시되는 생물.

"개새끼."

히라는 그렇게 말하면서도 아빠와 만나는 날이 다가오면 굶었다. 커다란 잔에 옅은 커피를 가득 채워서 한 모금씩 삼켰다. 그리고 미니 원피스를 입고 아빠를 만났다. 그는 히라의 한 줌이 안 되어 보이는 목에서부터 팔뚝 두께의 허벅지와 그와 굵기가 같은 종아리를 지나 앙상한 발목까지 찬찬히 훑어본다. 그러곤 "삐쩍 말라서는. 어디 던져줘도 개도 안 물어 가겠다. 살 좀 찌워."라고 말하면서도 얼굴에는 극소량의 최고급 원석을 손에 넣은 수집가처럼 뿌듯한 미소를 짓는 것이었다. 그 미소를 보면 히라는 쾌감에 가까운 분노를 느꼈다. 그래서 아빠를 만나러 가는 3일 전부터 굶는 것을 그만둘 수가 없었다.

먹은 게 없는데도 아빠의 웃는 얼굴을 떠올리자 구토가 올라와 히라는 화장실로 갔다. 위액을 토하고 변기에서 얼굴을 들고 나자 그녀는 새삼 이처럼 토해 버릴 정도로 스트레스에 특별하게 취약한 자신의 몸이 몹시 마음에 들었다. 예민하도록 훈련된 몸을 갖고 있다는 것에 자부심을 느꼈다. 다시 이를 닦고 침대 속으로 들어온 히라의 몸은 이미 식어 있었다. 히라는 은기의 옆으로 파고들었다.

"남자는 말이야, 자기가 딸이랑 잘 게 아니라도 딸이 마르고 예쁘길 원해. 말로는 안쓰럽다, 살 좀 쪄라, 이러면서 쳐다보는 눈 봐. 일부러 사람 많은 곳만 데리고 다니면서 과시하는 거 보라고. 늙은 친구들 술 마시는 데는 왜 데리고 가? 대단히 쿨한 아빠인 척, 역겨운 새끼."

히라의 부모는 별거 중이었다. 아주 오랫동안 그래 왔고 아주 오랫동안 히라는 이혼을 기다려 왔다. 부모의 이혼을 바라는 세대였다. 결핍의 정서를 욕망했다. 함께 덮은 이불 밑에서 히라의 식은 몸이 은기에게 더 밀착해 왔다.

"가공된 싸구려 탄수화물을 쉬지 않고 입속에 처넣고 싶어. 대사 증후군에 걸릴 정도로 엄청난 양의 단순 당이 먹고 싶어. 낮엔 커피만 마시고도 아무렇지 않은데, 왜 밤만 되면 컵케이크가 생각나는 걸까? 예쁜 컵케이크 말이야. 고작 주먹만 한 크기면서 보이는 것보다 세 배쯤 칼로리가 높고 밀가루랑 버터랑 설탕만으로 이루어진 밀도 높은 그거. 한입 물고 입천장으로 눌러서 뭉개는 그 감각이 계속 떠올라. 미치겠어. 이끼 들있지? 엄반 또 브라우니 같은 걸 만들었어. 분명 다섯 판 정도 구워서 보란 듯이 냉장고 가득 채워 놨겠지. 나를 먹게 하려고. 그러니까 제발 더러운 이야기 좀 해 줘."

식욕을 단번에 떨어뜨릴 수 있는 내용이어야 한다. 은기는 자연히 삶을 떠올렸다. 하지만 히라가 "어서!"라며 초조한 듯 입술을 적시는 걸 보자 죽음에 대한 이야기가 낫겠다고 생각을 바꿨다.

"사람들은 언제부터 죽음을 두려워했을까. 죽음이 썩는 거라는 걸 알고 나서일 거야. 박테리아가 단백질을 분해하기 시작하면서 내뿜는 독성과 악취에 파리가 날아들 거고 알을 낳으면 까고 나온 구더기가 소화액을 토해내 살점과 장기를 액상으로 만들어 마시고 세균과 미생물들 그리고 송장벌레가 끈기 있게 우릴 해체시켜 갈 거야. 겉 피부는 젖은 마분지처럼 되었다가 좀 더 지나면 누가 토해놓은 토사물처럼 보이게 될 거고 아마 그다지 보기 좋지 않겠지. 그래서 땅에 묻어 은폐하는 방법을 생각해냈을 거야. 사람들은 불쾌한 건 일단 덮어서 안 보이게 되면 안심하거든. 만약 죽어도 벌레가 슬지 않고 악취가 나지 않고 형태가 무너지지도 않는다면 시체를 장식용으로 사용하는 방법이 유행했을지도 몰라. 예쁜 시체는 예쁘지 않은 시체보다 더 가치가 높았겠지. 시체 경매가 열렸을지도 몰라. 시체 애호가들끼리 경쟁하거나 서로 훔치기도 했을 거야. 그럼 사람들은 왜 죽음에 매료됐을까. 죽으면 다시는 되살아날 필요가 없다는 걸 알아서일 거야."

히라는 조용했다. 숨소리가 불규칙적인 걸 보니 잠든 건 아니었다. 숲 속 깊은 곳 어딘가에 누워 썩어 가고 있는 자신의 모습을 자세하게 상상하고 있는 것이다. 그 시체가 심하게 부패할수록 히라의 식욕을 잠재우는 데 도움이 될 것이다. 은기는 더 난폭하게 묘사해 주지 못한 것에 대해 자책했다. 그때 히라의 손이 다가와 은기의 손을 감쌌다. 히라는 밤이 되면 한결 다정해졌다.

"난 네가 진짜 좋아. 알지? 넌 어디서 어떻게 생겨났을까. 엄만 죽었다지만 아빠 모르잖아. 네 아빠 누굴까? 승지는 추측하는 사람이 한 명 있다고 했어. 높은 확률로 그 사람이 네 아빠가 분명하다면서."

승지가 짐작하는 인물이 누군지 은기도 알 것 같았다. 히라는 들뜬 목소리로 계속 속삭였다.

"그게 누구냐고 물으면, 갑자기 정색을 하면서 '몰라, 어차피 은기는 우리 셋이 상상해 낸 가상의 친구잖아.' 하고 시치미 뗀다니까."

가상의 존재라. 은기는 약간 나른해졌다. 졸음일 것이다.

히라의 엄마가 딱 한 번 말해 준 적이 있다. 은기를 차에 태우고 처음 집으로 데리고 오던 그때였다. 은기는 궁금하지 않았고 그래서 묻지도 않았으나 그녀는 운전대를 부여잡고 서투르게 교통 신호를 위반해 가면서 말하기 시작했다.

"네 아빠는 흙투성이였어. 어릴 때부터 누가 가르쳐 주지도 않았는데 천재적으로 땅을 잘 팠대."

그녀의 말을 요약하면 기능적이고 탁월하며 완벽한 모양으로, 누구보다도 빨리 팔 수 있었다고 한다. 그래서 무덤 파는 일을 하게 됐다고 한다.

"그렇게 만난 거야, 네 엄마랑. 자기 관을 사러 갔다가 그 남자를 만났어."

말도 안 되는 이야기였다. 어렸지만 은기는 지어낸 이야기란 걸 알았다. 그녀가 난생 처음 동화책을 읽어 주는 사람처럼 굴었기 때문이었다. 어디에서 끊어 읽어야 하는지, 억양은 어떻게 해야 하는지, 어느 부분에 감정을 넣어야 하는지를 전혀 익히지 못한 형편없는 초보 같았다. 단지 그런 내용으로 말해 주기로 마음먹고 최대한 그대로 읊어대는 듯한 어설프기 짝이 없는 모습이었다. 달리 악의가 있어서 그런 이야기를 지어낸 것은 아닐 것이다. 다만 상상력이 부족했을 뿐이다.

　은기는 옆에 누운 히라 쪽으로 몸을 더 기울였다. 히라의 검고 긴 머리카락이 뺨에 닿았다. 어떤 무기질의 부족 때문인지 풍성하진 않았지만 충분히 관리가 잘된 차갑고 새까만 머리카락이었다.
　"우리가 아빠가 같다면 정말 좋았을 텐데. 아쉬워. 안 그러니? 생각해 봐. 이복 자매끼리 금지된 사랑을 하는 거야. 그럼 난 너랑 더 나쁘게 재밌어질 수 있을 것 같은데."
　동의하진 않았지만 히라가 눈을 빛내며 말했기에 은기는 고개를 끄덕였다. 암흑이기에 스스로 발광할 수밖에 없게 되어 버린 심해어처럼 그녀는 빛나고 있었다. 발작처럼, 간절한 목숨처럼 빛나고 있었다. 그러나 아무리 빛나도 끝내는 수억 톤의 어둠 속에 덧없이 삼켜질 것이기에 은기는 그녀가 슬펐다. 은기는 재차 고개를 끄덕였다. 그러나 불이 꺼진 방이기에 히라에게는 보이지 않았다.

　아직 초등학생일 때부터 히라는 어디에서나 금방 정점에 섰다. 어느 그룹에서건 독보적이었다. 심지어 히라는 단 한 번도 경쟁이라는 것을 해 본 적이 없었으며 도리어 주변을 경쟁시키는 주체였다. 막 고등학교의 신학기가 시작되었을 때는 연극부와 사진부가 히라를 두고 다퉜다. 히라는 이미 수학 경시부에 들어가기로 결정한 뒤였지만 그럼에도 굳이 모호한 태도를 취해 연극부와 사진부의 경쟁적으로 열렬한 대시를 계속해서 즐겼다. 사실 히라는 얼음처럼 매몰차고 지극히 실리주의적인 성격이었지만 대외적으로는 어느 조직에도 딱히 흥미가 없으며 어디에도 소속되고 싶어 하지 않는 신비로운 이미지를 설정하고 있었기 때문에 그저 가만히 야릇한 표정을 지어 보이는 게 다였다. 그 아름다운 표정만으로 주변 사람들의 다양한 해석을 유도했고 심지어 그 해석들은 하나같이 히라에게 유리한 것이었다.

그래서 히라가 수학 경시부에 들어간 것이 드러났을 때 은기는 조미조미했다. 사람들이 히라에게서 뒤틀린 부소리를 발견할까 걱정한 것이다. 그러나 그런 일은 없었다. 수학 경시부를 담당하는 남자 선생이 히라를 흠모해서 그녀의 입부를 고집했고, 그런 세간에서 벌어지는 감정적이고 사사로운 일들에는 관심도 없는 히라가 그저 그를 가엾게 여겨 허락한 것이라는 소문이 학교에 퍼졌는데, 그가 부정하기는커녕 오히려 대놓고 히라를 총애함으로써 소문은 사실이 되었다. 히라는 무심한 것일 뿐 결코 매정하지 않으며 차가운 미모지만 실은 너그럽기까지 하다며 모두가 찬양했다. 그렇게 해서 신학기도 평화롭게 흘러갔다.

히라는 자신을 남들의 시선 앞에 전시하기만 하면 되었다. 서사를 설명할 필요도, 이해를 부탁할 필요도 없었다. 그저 전시하기만 하면 되었다. 모든 것은 사람들이 스스로 읽어 내고 해석했다. 히라는 이미지였고 무드였다. 눈을 내리깔고만 있어도 그녀는 깊은 사색에 잠긴 것처럼 보였던 것이다.

물론 인간의 배타적 본성대로 히라를 시기하고 헐뜯거나 적대시
하는 경우도 있을 수 있었다. 충분히 있을 수 있었지만 그런 일은
없었다. 히라는 매우 드물게도 그 모두를 무력화시키고 그 모든 경
우를 초월하는 아름다움이었던 것이다.

은기의 자리를 빼앗으려는 시도는 있었다. 히라가 유독 은기를
주머니의 손수건처럼 챙겨 다녔기 때문이다. 아무도 이유를 몰랐
다. 모든 아이들이 갖는 의문이었다. 히라가 승희와 커플처럼 보이
는 것에는 그 누구도 이견 없이 감탄하는 것과 달리 은기에 대해서
는 처음부터 모두가 고개를 갸웃거렸다. 히라 옆에 두기에 은기는
너무 보잘것없었던 것이다. 그러나 아침에 둘은 꼭 붙어서 등교했
다. 뒤에서 보면 정말 몸이 붙은 것처럼 보일 정도였다. 그러나 더
이상한 점은 학교에 와서는 각자 철저히 다른 영역에서 지낸다는
점이었다. 히라는 빛 주위에 부유하는 먼지처럼 몰려드는 아이들에
둘러싸여 생활했고 그럴 때 은기는 자기 자리에 있는지도 모르게
앉아 혼자 하루를 보냈다. 히라가 지명하기를 기다리는 낡은 액세
서리처럼.

학교에서 히라는 거의 은기를 냉정하게 방치했다. 그러나 학교
가 끝나고 돌아갈 때면 언제 그랬냐는 듯 다정하게 은기를 부르고
매만지고 팔짱을 끼고 리드해 나가는 것이다. 학교 밖에선 꼭 붙어
다닌다고 했다. 목격담에 따르면, 신발 끈을 매주거나 초콜릿을 입

에 직접 넣어주거나 머리를 빗겨주는 등 그렇게 애지중지할 수 없다고 했다. 아마 그 독점 때문에 은기는 학교에서의 무시는 얼마든지 견딜 수 있는 걸 거라고, 아이들은 속닥거렸다. 가장 의욕적으로 은기를 미워한 것이 세진이었다. 사실은 내성적이지만 친구들 사이에선 사교적이고 명랑한 캐릭터로 가장하고 있는 세진은 처음 히라를 보자마자 반했다. 그래서 열심히 히라의 수행 그룹 주변을 기웃거리다 마침내 일원이 되는 데 성공했는데, 그 즉시 은기가 싫어졌다. 은기가 과정 없이 히라 옆자리를 차지하고 있어서였다. 히라가 은기에게 다정한 것도 싫었지만 냉정한 건 더 싫었다. 냉정도 특별한 반응이기 때문이다. 어떤 식으로든 히라를 독점해선 안 되는 것이다.

"히라는 배우가 될 거야."

세진이 단언했다.

"연예인 관심 없대. 캐스팅 제의 많이 받았잖아."

다른 아이가 말했다.

"아니, 될 거야. 저렇게 예쁘면 결국엔 그렇게 돼."

아름다운 사람의 운명은 자의와 상관없이 흘러간다는 것처럼 세진이 말했다.

"감독들이 가만 못 둘걸. 영화판에서 엄청 좋아할 분위기라고."

영화계 좀 안다는 한 아이가 거들었다.

"맞아. 히라는 독립 영화의 뮤즈로 시작할 거야."

"처연한 분위기가 있잖아. 애교 없고."

"눈도 진짜 크지 않냐? 가로로 길어. 사람 안 같아."

"들었어? 어제. 새로 온 여선생이 히라한테 지랄한 거."

그 얘기를 이미 아는 한 아이가 벌써 박수를 치며 웃어대기 시작했다.

"복도에서 지나가다가 불러 세웠대. 아이라인 한 줄 알고. 학교에 화장하고 왔다고 손가락에 힘줘서 막 문질렀는데 진짜라 완전 당황한 거지. 아, 그 미친년."

다른 아이들은 선생을 비웃었지만 세진은 웃음이 나지 않았다. 히라에게 그런 짓을 하다니 죽이고 싶었다.

"피부는 북유럽 사람처럼 창백해."

북유럽이 어디 있는지는 모르지만 상관 않고 한 아이가 말했다.

"신기하지 않냐? 완전 종이처럼 하얘."

"어쩜 그렇게 생겼지? 걔 엄마도 그럴까?"

"별로. 엄만 그냥 흔한 얼굴."

세진이 재빨리 말했다. 이 중에 히라의 엄마를 직접 본 건 자기뿐이라는 것을 과시할 수 있는 기회였다.

"히라 아빠는 TV 나온 거 봤거든? 잘생기긴 했는데 히라랑 닮진 않았어. 그냥 훈남 정도."

"엄마와도 전혀 달라. 하나도 안 닮았어."

세진이 크게 고개를 저으며 다시 말했다. 세진은 히라의 부모도 마음에 차지 않았다. 히라에게는 더 놀라운 부모가 있어야 한다고 생각했다. 그럭저럭 잘생긴 얼굴로 방송국에 들락거리는 의사 아빠보다는 스물아홉에 요절해 다시는 볼 수 없는 천재 작곡가 아빠가 어울렸고 하염없이 쿠키나 굽는 작게 쪼그라든 엄마보다는 정신병력 있는 명화 수집가 엄마가 어울린다고 생각했다. 할 수만 있다면 그런 부모로 바꿔 주고 싶을 정도였다. 히라에 비하면 모든 게 부족하게 느껴졌다. 이 고루한 학교도, 관리 안 된 교정도, 떼로 몰려다니는 여자애들도, 창조적이지 못한 세상의 모든 구조도, 오직 히라에게 부족하다는 이유만으로 세진은 싫어할 수 있었다.

가장 싫은 게 은기였다. 히라 옆에 반드시 그 애가 있다. 같이 산다고 했다. 그 부분에서 세진은 미칠 것 같았다. 같이 산다니. 히라가 먹고 자고 씻는 그 모든 일상을 옆에서 본다는 거다. 그 생각을 하면 잠이 안 왔다. 그 애는 인상이 흐렸다. 흐리멍덩했다. 전국 등수에 드는 히라에 비해 성적도 지극히 평범했고 외모는 평범에도 못 미쳤으며 행동은 답답하고 반응은 느리고 표정은 음침했다. 즉 아무것도 아니었다. 그 애가 복도에 가로로 쓰러져 있어도 모르고 밟고 지나갈 거였다. 어느 날 사라져도 아무도 그 사실을 알아채지 못할 게 분명했다.

"너희도 알지. 히라 어릴 때 유괴당한 적 있다는 거."

갑자기 한 아이가 말했다. 별일 아니라는 듯 쿨 하게 꺼내고 싶었으나 자신도 모르게 쉰 목소리가 나왔고 그게 계면쩍어 헛기침을 했다.

"그렇다고 하더라. 은근히 다들 알고 있어."

짠 것도 아닌데 모두가 동시에 세진을 쳐다보았다.

"넌 직접 들었을 거 아냐, 히라한테."

세진의 손바닥에 땀이 나기 시작했다. 직접 들은 적은 없다. 집에 찾아갔을 때 딱 한 번 들여보내 준 적이 있긴 하다. 그래서 다리를 절며 오븐 앞에서 서성이던 엄마를 보긴 했지만 깊은 얘기까지 해 준 적은 없었다. 하지만 여기서 그렇게 말할 수는 없다.

"그랬지. 아홉 살 때."

세진은 짐짓 어려운 얘기를 꺼낸다는 듯 목소리를 낮췄다. 수년 전부터 돌던 소문이었고 히라에 대해 조금만 파고들면 알 수 있는 정보였다.

"어머, 진짠가 봐. 어떡해……."

아까 가장 먼저 웃음을 터트렸던 아이의 눈이 이번엔 가장 먼저 울 것처럼 그렁그렁해졌다. 옆에 있던 아이가 토닥거렸다.

"유괴범이 화가였다고 했어. 경찰이 신고를 받고 갔더니 대공원 창고 같은 곳에 수백 장의 그림들이 있었는데 그 틈에서 히라를 찾아냈다더라. 정말 영화 같지 않니?"

세진이 동의를 구했다.

"어쩐지. 히라는 웃어도 그늘져 보이고 그랬어."

너만 그렇게 느낀 게 아니라는 듯 모두 격하게 고개를 끄덕였다.

"예뻐서 유괴했나 봐."

"히라를 그리고 싶었던 거 아닐까?"

화제는 물 흐르듯 다시 히라의 얼굴로 돌아왔다.

"그럼 히라는 누굴 닮은 거냐?"

"혼혈이라고 해도 믿겠는데. 그치?"

"속눈썹도 길잖아."

"먼지 많은 곳에서 임신하면 속눈썹 긴 아기가 태어난대. 난 바람이 많이 불고 먼지가 많은 나라에서 아기 낳을 거야. 그럼 내 아이 속눈썹도 아주 길겠지?"

"말이 되냐? 누가 그래?"

"진짜야. 그래서 사막에 사는 애들의 속눈썹이 긴 거야. 낙타 봐봐."

소녀들은 부딪힌 심벌즈처럼 웃음을 터트렸다. 양파처럼 아삭하고 달지만 썰리면 눈물이 나도록 매운 소녀들이 깔깔대며 웃고 있었다. 소녀들은 필요했다. 자신을 들여다보기가 끔찍해서 대신 한눈팔 대상이 필요했다. 멀고 추상적이고 예쁘게 가공된 대상이어야 했다. 그 대상을 공유했다. 그리고 그로 인한 허약한 공명과 일시적인 결속감에 소녀들은 안도하는 것이었다.

❧

창밖으로 기다란 나무들이 보였다. 나무들은 물기를 빨아들여 검게 보였다. 아침까지 비가 내렸다. 다음 시간은 음악 시간이다. 음악실로 이동해야 한다. 음악실이 있는 건물은 학교 본관과 잔디밭을 사이에 두고 떨어져 있다.

은기는 가방의 지퍼를 소리가 나지 않게 조심스럽게 당겨 열고 느릿느릿 음악책을 꺼냈다. 음악책은 몹시 얇았다. 음악책 위에 음악 노트와 필기구를 불필요하게 차곡차곡 쌓으면서 주위를 둘러보지 않으려고 주의한다. 고개가 뻣뻣하게 경직된다. 어수선하게 주위를 둘러보는 행동은 음악실까지 같이 가 줄 누군가를 구하는 것처럼 보일 수 있다. 은기는 음악실까지 가는 동안 지렁이 한두 마리를 밟아 죽이게 될까 봐 걱정이 되었다. 의자에서 일어서는 걸 방해한 게 이거라는 듯이, 치마 끝에 달라붙은 하얀 실 한 올을 공들여 손가락으로 떼어내며 은기는 시간을 벌고 있었다.

그때, 다가온 히라가 은기의 어깨를 부드럽게 만졌다.

"가자."

상냥하게 말하며 웃는 히라는 주위 아이들에게 거의 천사처럼 보일 거였다. 은기는 그제야 고개를 끄덕, 하며 일어섰다. 히라가 말을 걸어주기까지의 시간은 늘 길게 느껴졌다. 히라는 일어서는 은기의 의자 등받이를 잡고 친절하게 뒤로 빼 줌으로써 책상과 의자 사이에 갇혀 있던 은기를 구해 주고 있다는 사실을 확실히 했다.

히라는 은기의 팔짱을 끼고 음악실로 이끌었다. 대여섯 명의 아이들이 둘러싸고 뒤따랐다. 그중 하나가 유리문을 활짝 밀어 길을 터 주었고 히라와 모두는 본관에서 나왔다. 습기를 잔뜩 머금은 바깥 공기가 충돌해 왔다. 음악실까지 채 5분도 안 되는 거리였지만 그 사이에 아이들은 국어 선생님의 불룩한 아랫도리와 그의 손에 찌든 담배 냄새와 갑작스런 아침 비로 쫄딱 젖어 움츠린 채 돌아가던 바바리맨을 목격한 것과 오늘 수학 선생이 목을 조를 만큼 스카프를 동여매고 온 것은 목의 키스마크를 감추기 위한 것이라는 등의 이야기들을 동시에 쏟아 내고 있었다. 그중 어떤 이야기에 의해 서랄 것도 없이 소녀들은 내내 깔깔거렸다.

은기는 안간힘을 다해 입술 양 끝의 근육을 위로 당겨 자신이 웃는 것처럼 보여지기만을 바라고 있었다. 하늘은 아직 지저분했고 찬 공기가 수축시킨 소녀들의 뺨은 단단하게 빛났다. 운 좋게 히라의 다른 쪽 팔을 차지한 것은 세진이었다. 둘 다 가운데의 히라 쪽으로 시선이 향했기 때문에 어쩔 수 없이 간혹 세진과 은기는 눈이 마주쳤고, 그럴 때마다 서로 모른 척했다.

세진은 다른 아이들이 말을 할 때는 별 관심 없다는 듯 의도적으로 딱딱한 표정을 유지하고 있다가 히라가 입을 열어 몇 마디 하면 곧 활짝 웃으며 반응했다. 그 웃음이 마치 일렁이는 투명한 막을 통해 반대편의 형상을 일그러뜨리는 비누거품처럼 보여서 은기는 눈이 따끔거렸다. 귀 뒤로 느슨하게 넘긴 히라의 머리칼이 소녀 특유의 리드미컬한 걸음걸이 탓에 뺨으로 스륵 흘러내렸다. 세진은 그

것을 가장 먼저 발견했고, 가장 먼저 발견했다는 기쁨에 벅찼다. 세진은 다른 아이들과 대화하느라 눈치채지 못하는 히라를 대신해 히라의 흘러내린 머리카락을 살며시 귀 뒤로 넘겨 주었다. 늘 해 주던 일이라는 듯 자연스러운 척했지만 긴장한 손끝을 은기는 알았다. 이 사소한 일이 세진에겐 너무나 특별했다. 수행원에 불과한 다른 아이들과 달리 비밀스럽고 더 친밀한 존재라는 우월감에 세진은 흥분했다.

그때 히라가 세진의 귀에 대고 말했다.

"내 머리에 손대지 마. 알았어?"

그것은 히라의 양쪽에 있던 은기와 세진에게만 들렸다. 다른 아이들은 다른 화제로 왁자지껄하고 있었고 무슨 일이 일어났는지도 몰랐다. 은기는 얼어붙은 세진과 눈이 마주쳤다. 은기는 필사적으로 못 들은 척했다. 제발 못 들었다고 생각하기만을 바라면서.

축축한 잔디의 감촉이 사라지고 시멘트 계단이 밟혔다. 누군가 한발 앞서 음악실 문을 열었다. 따돌려지는 학생이 생기지 않도록 음악실이나 과학실에서는 학급 번호 순서대로 의자에 앉도록 하는 규칙이 있었다. 은기는 히라의 바로 뒤였고 세진은 대각선으로 더 뒷자리였다. 소녀들이 합창을 시작했다. 은기는 늘 그렇듯이 입을 움직여 노래하는 시늉만 하고 있었다. 눈앞에 있는 히라의 하얀 목덜미만 뚫어져라 쳐다봤다. 세진과 눈이 마주칠까봐 그 쪽으로는 절대로 고개를 돌리지 않았다. 분명 세진은 노래하고 있지 않을 거였다. 건반이 내려쳐질 때마다 습기 찬 피아노의 내부가 끼익거렸다. 이틀 뒤 세진은 사라졌다.

⚜

'개새끼'라고 중얼거리며 히라가 휴대폰을 가방에 던져 넣었다. 은기는 카페 안의 다른 사람들의 시선이 쏠리는 것을 느꼈다. 그러나 연민과 감탄이 섞인 시선이었다. 공공장소에서의 예의에 벗어나는 욕설이나 행동도 히라가 하면 달랐다. 해명할 필요가 없었나. 다 그럴 만한 사연이 있고 큰 아픔이 있을 것으로 이해받는 것이었다. 턱을 괸 손의 손가락을 깨무는 히라의 눈이 불쾌감으로 가득했다. 아빠와 만나기로 한 날이었고 그 때문에 며칠을 굶다시피 했는데 급한 방송이 잡혀 못 나오게 됐다는 연락을 받은 것이다. 거짓말일 게 뻔했고 그는 매번 약속을 어겼다. 드러난 히라의 손목이 아찔하게 가늘어서 은기는 신음을 뱉을 뻔했다.

"난 뭐 좋아서 만나 주는 줄 아나. 왜 내가 엄마랑 살아야 돼? 엄마랑 섹스한 건 너지 내가 아니거든?"

나타나지 않은 아빠를 향해 신경질적으로 내뱉으며 히라는 창밖을 바라보았다. 히라는 늘 아빠에게 자신을 데려갈 것을 요구해 왔다. 아빠와 같이 살고 싶어서가 아니다. 그렇게 되면 여자를 집에 데려오기 곤란해진 아빠가 할 수 없이 히라를 독립시켜 줄 수밖에 없게 될 것이기 때문이었다. 하지만 그럴 때마다 아빠는 엄마를 혼자 둘 순 없지 않겠냐며 얼버무리곤 했다. 서로 없는 사람 취급하는 사이면서 그런 변명을 반복하는 것에 진저리가 났다. 히라가 핸드폰을 다시 꺼냈다. 당장의 불쾌를 해소할 뭔가를 떠올린 것 같았다. 곧 누군가에게 전화를 걸었다.

"누구?"

"기다려 봐."

창밖으로 신호등을 건너오는 세진의 엄마가 보이자 히라는 자연스럽게 손을 뻗어 은기의 손목에서 검은 머리 끈을 빼 가더니 긴 머리를 단정하게 묶었다.

"세진이가 네 얘기를 얼마나 했는지 몰라. 널 어찌나 좋아하는지. 꼭 너같이만 되고 싶다고. 예쁘고 공부도 잘하고 인기 있고. 선생님들도 함부로 못 하고 네 눈치를 본다면서. 책상 앞에 네 사진을 붙여 놓고 매일 본다니까. 아버지가 의사 맞지? TV에도 나오시고. 우리 세진이, 집하고 학교하고 학원밖에 모르던 앤데 대체 왜 집을 나갔는지 모르겠어. 히라 넌 알고 있는 거 없니? 너희 집에도 자주 놀러 갔었잖아. 무슨 낌새 없었니? 전화라도 오지 않았어? 너희들 땐 비밀도 만들고 그러잖니. 너한테만은 무슨 말이라도 남기지 않았을까 했는데……."

히라는 세진을 집에 초대한 적이 없다. 세진이 무작정 문 앞까지 찾아와 어쩔 수 없이 딱 한 번 들인 적이 있었고 그 뒤로도 그런 식으로 몇 번 더 찾아왔다. 끈질기게 초인종을 누르는 것을 히라는 무시했다. 히라는 그런 세진의 행동을 한심하게 생각했다.

"집에선 정말 아무 일도 없었거든. 아무 문제도 없었는데……."

몇 날 며칠을 걱정하며 보냈을 세진 엄마의 두 눈은 암막 커튼처럼 깜깜했다. 비밀이라면 있었다. 그러나 은기는 그 비밀을 말해 줄 수 없었다. 그때 세진과 눈이 마주치지 말았어야 했다. 얼어붙던 세진을 보지 말았어야 했다. 단지 히라에게 거절당한 것뿐이라면 괜찮았을 것이다. 세진이라면 수치심을 추스르고 아무 일 없나는 듯 히라 주위를 다시 맴돌았을 것이다. 세진은 거절당해서가 아니라 거절을 목격당했기에 사라진 것이다.

"자기한테 아무 문제가 없는 게 콤플렉스랬어요."

히라의 말에 세진의 엄마가 멍한 얼굴을 했다. 이해하지 못하고 있었다. 물론 기꺼이 설명해 드리겠다는 너그러운 표정으로 히라가 말을 이었다.

"자기가 너무 시시하다고요. 아시잖아요. 그런 거. 아빠도 평범하고 엄마도 평범하고 자기도 평범하기만 하다고. 한 번쯤 엄청나게 무서운 사고를 쳐 보고 싶다고 했어요. 평생에 낙인처럼 남을 만한 그런 일을요."

사실이 아니었다. '너한텐 아무 문제가 없으니까 매력도 없는 거야.'라고 세진에게 말한 건 히라였다. '청소년은 그 현존이 문제가

되거나 문제로 간주될 때에만 현존한다'는 말을 인용하면서. 은기
는 술술 말하고 있는 히라의 옆얼굴을 바라보았다. 인형 같았다.

세진의 엄마는 두 손바닥으로 얼굴을 비볐다. 손등이 거칠었다.
정신을 차리려고 애쓰는데 그게 어려워 보였다. 엄마가 돼서 처음
으로 맞는 위기인 것 같았다. 그런 그녀의 모습에 히라는 오랜만에
포만감을 느꼈다.

만나 줘서 고맙다며 연신 인사를 한 세진의 엄마는 수제 초콜릿
을 히라에게 건네고 카페를 나갔다. 이제 당분간은 전화해 대지 않
을 것이다. 히라의 말을 믿고 십 대 소녀가 사고를 칠 만한 여기저
기를 찾아다닐지 모른다. 히라는 한결 기분이 좋아 보였다. 초콜릿
상자는 은기 앞으로 밀어졌다.

"너 먹어."

"아냐, 괜찮아."

"너 먹으라고."

히라가 같은 말을 반복하게 하지 말라는 투로 말했다. 은기는 초
콜릿 상자를 열었다. 진하고 달콤한 사각의 검정이었다. 은기가 초
콜릿을 하나하나 씹어 없애는 것을 턱을 괸 채 감상하면서 히라가
말했다.

"걱정 마. 어디 가서 나쁜 짓이라도 할까봐? 걔 한껏 분위기 메이
커인 척하지만 아닌 거 알지? 근본이 소심한 애라 여기저기서 쭈뼛
거리다 말 거야. 그럼 걔가 갈 곳이 어디 있니. 집으로 돌아올 수밖

에. 걱정 말고 있어. 몸 좀 버리고 그럴지는 모르지만 시무룩한 얼굴로 교무실에 앉아 있는 걸 곧 볼 수 있을 테니까. 몇 주 아니면 길어야 몇 달 후면 다시 예전처럼 착하게 학교나 다닐 거야. 아마 내 얼굴은 똑바로 쳐다보지도 못할걸. 어디 팔 하나라도 없이 오거나 애꾸눈이라도 돼서 오면 또 몰라. 무사히 돌아온 게 너무 치욕스러워서 그 애는 내 눈은 쳐다보지도 못할 거야."

세진은 몇 주나 몇 달 후에 돌아오지 않았다. 정확히 1년 6개월 후에 학교로 돌아왔는데 우리는 이미 졸업한 후였기에 세진이 학교에 용서를 구하고 2학년을 다시 다닌다는 것만 전해 들었다. 나이 많은 남자와 만나다 칼에 찔렸다는 말도 있었고 무슨 종교 집단에 들어갔다가 도망쳐 나왔다는 말도 있었지만 아무튼 세진은 교복을 입고 2학년을 다시 다녔다. 히라에게 세진은 마치 불어서 털어낸 먼지처럼 잊혀졌다.

은기는 졸업 후 딱 한 번 세진과 같은 버스를 탄 적이 있다. 만원 버스에 오른 세진이 사람들에 밀려 손잡이를 못 잡고 비틀대다 겨우 의자 손잡이 하나를 잡고 섰는데 그 의자에 은기가 앉아 있었다. 눈이 마주쳤지만 둘 다 반응하지 않았다. 서로를 알아봤지만 조금도 멈칫하거나 동요하지 않았다. 목적지에서 내릴 때까지 세진도 은기도 각자의 정면만 보고 있었다.

세진은 너무나 달라져 있었다. 얼굴은 변하지 않았다. 다만 줄어

들어 있었다. 상당한 체중을 잃었다는 것만이 아니라 전체적으로 축소된 것처럼 작아져서 마치 세진이 아니라 세진의 작은 비전을 보는 것 같았다. 사방으로부터 균일하게 압력을 받아 천천히 줄어들다가 아슬아슬하게 겨우 멈춘 듯한 그런 인상이었다. 원본이 아니라 설정을 잘못해 흐릿해진 복사본을 보는 것 같기도 했다.

은기는 버스에서 내린 후 그 인상이 쓰디써서 조금 견디기 어려웠다. 어떤 눈으로 마주쳤던가 어떤 표정으로 전방을 바라봤던가 그런 디테일한 것들은 뿌옇기만 했고 끝내 선명하게는 떠오르지 않았다.

승지

시청각실의 스크린 위로 〈늑대와의 삶〉이 상영되고 있었다. 은기에게 보여주려고 승지가 가져온 다큐멘터리였다. 한가운데 앉은 승지는 콧등 위의 안경 위치를 조절하다가 결국 못 참겠는지 옆에 앉은 은기에게 속삭였다.

"좋아. 히라까진 알겠어. 근데 승희까지 왜 온 건데."

은기 옆에 앉아 있던 히라가 대신 대답했다.

"내가 끌고 왔는데, 왜."

그 말에 승지는 뭐라고도 못 하고 우물쭈물했다.

"은기를 부르면 내가 올 거란 거, 알았잖아?"

의도를 다 안다는 듯 히라가 웃어 보였다. 무슨 뜻인지 깨닫지 못하면서 다만 히라의 웃음 때문에 승지는 얼굴이 달아올랐다.

"우, 웃지 마. 인간의 웃음이 사실은 서로 이를 드러내고 위협하던 것에서 시작됐다는 가설 알아?"

"그럼 울음은 어떻게 시작된 거야?"

시선을 피하는 승지에게 히라는 여전히 장난기를 띠고 물었다.

"그, 그건 아직……."

"넌 참 귀여워."

은기를 가운데 두고 히라는 일부러 승지만 뚫어져라 쳐다보며 말했다.

"뭐?"

승지는 심통이 났다. 귀엽다니. 부엉이에게 다리를 뜯어 먹히고 동글동글 굴러다니는 새끼 쥐들에게나 쓰는 말 아닌가. 승지는 좌절했다.

"보여 주기 싫단 말이야."

승지가 꾸물거리며 말했다.

"걱정 마. 난 안 보니까."

정말로 승희는 안 보고 있었다. 저 멀리 맨 뒷줄에 앉아 편안한 자세로 책장을 넘기고 있었다. 사실 승지는 볼 때마다 눈물이 났던 영상이라 승희에게 우는 모습을 보이고 싶지 않았던 것이다. 승지는 왠지 원망 어린 눈으로 돌아보았지만 승희는 고개도 들지 않았다. 승지가 뭔가 해명하려 했더라도 승희는 관심도 없을 거였다.

무리의 가장 어린 암컷이 퓨마에게 물려 죽자 늑대들은 하울링을

48

시작했다. 돌아오지 못할 대상을 향한 울음이 전체로 번져 갈 때 히라가 소리 없이 자리에서 일어났다. 히라의 미동도 놓칠 리 없는 은기였지만 모른 척했다. 승지는 늑대들에게 푹 빠져 있었다. 할 수만 있다면 하울링에 동참할 기세였다.

은기는 조용히 히라의 움직임을 눈으로 따라갔다. 히라는 떨어져 앉아 있는 승희에게 다가가더니 뭐라고 귓속말을 했다. 그러곤 승희의 등 뒤를 지나가면서 한 손으로 그의 목덜미를 쓰다듬었다. 그리고 밖으로 나갔다. 읽던 페이지에 표시를 한 뒤 책을 덮고 일어난 승희가 뒤따라 나갔다. 늑대들이 계속 슬프게 울고 있었다. 그러나 은기의 머릿속에선 그의 목덜미를 쓰다듬던 히라의 하얀 손가락만 반복해서 움직였다.

다큐가 끝나고서야 승지는 관객 수가 줄어든 걸 알았다. 늑대 무리의 위대하고 현명한 삶을 보면서도 훌쩍이지 않으려고 참은 게 억울하게 느껴졌다.

"왜 승희가 나보다 2.4센티미터나 클까? 유전 정보가 똑같은데."

갑자기 물어와 은기는 잠시 멍해졌다.

"둘이 키 똑같아. 네가 어깨를 구부정하게 하고 있어서 그렇게 보이는 걸 거야."

은기는 그렇게 말해 보았다. 2.4센티미터 차이가 나는 것이 사실이었지만 승지가 그저 자세 때문에 생긴 오차라고 믿길 바라면서.

"승희랑 나 다르게 생겼어?"

"다르기엔…… 쌍둥이잖아."

"다르긴 달라. 너도 그렇게 생각하지?"

은기는 이번엔 사실대로 대답했다.

"응."

승지만 안경을 쓴다는 사실을 제외하고도 다른 점이 있었다. 분위기가 달랐다. 몸무게나 체형은 비슷했지만 움직임이 달랐고 목소리가 똑같았지만 어투와 사용법이 달랐다. 《목소리 사용의 다양한 방법》이라는 책이 있다면 좋은 비교 예시가 될 거였다.

"어릴 땐 사람들이 우리를 잘 구분 못 했는데."

"응."

"할아버지도 자주 틀릴 정도로. 물론 커 가면서 뭐든 더 잘하는 쪽이 승희란 걸 아셨지만."

둘은 외가에서 컸다. 아무 내색도 없다가 쌍둥이를 낳더니 유학을 가 버린 엄마는 돌아오지 않았다. 거기서 결혼했다는 소식만 전해 왔다. 다신 안 왔다.

"그런데 넌 어떻게 안 거야?"

"응?"

승지는 뭘 묻는 걸까. 알아듣지 못한 채 은기는 그들을 처음 만났을 때를 떠올렸다.

같이 살게 되고 함께 방을 쓰게 된 뒤로 히라는 언제 어딜 가나 은기를 데리고 다녔다. 새로 생긴 자기 소유의 인형에 대해 그렇게 하듯 정성스럽게 옷을 골라 입히고 머리를 빗기고 리본을 매 주고 손톱을 검사하고 한 바퀴 돌아 보도록 시킨 다음 감탄할 정도는 안 되지만 나쁘지는 않다는 표정을 짓는 것이다. 그날은 처음으로 검은 옷을 입혔다. 지금까지 히라가 입혀 준 옷 중에서 은기는 그 검은 원피스가 가장 좋았다. 히라 자신도 검은 원피스를 입고 검은 케이프를 둘렀다.

손을 꼭 잡고 히라가 데리고 간 곳은 고풍스러운 한옥이었다. 대문 안으로 잘 가꾸어진 정원이 있었다. 원예에 취미가 있는 사람이 산다는 걸 알 수 있었다. 잎이 커다란 나무들로 인해 시원할 정도로 그늘이 져 있었다. 바닥에는 적당히 울퉁불퉁하게 가공된 돌들이 깔려 있었고 흙은 갈색으로 건강하고 축축했다. 보이진 않았지만 어디선가 일정하게 물이 떨어지는 소리가 들려왔다. 작은 분수대가 숨어 있는 것이다. 숨어 있는 건 또 있었다. 어두운 가시덤불 뒤에 남자아이가 몸을 웅크리고 있었다. 사슴 새끼 같은 남자아이였다. 은기와 눈이 마주치자 아이는 손가락을 입에 갖다 대고 '쉿' 하는 시늉을 했다. 은기가 고개를 끄덕인 것과 동시에 히라가 그를 발견했다.

"승희니? 승지니?"

낭패감에 어깨를 축 늘어뜨리던 그 아이가 승지였다. 그리고 근처 낮은 나무에서 휙 하고 누군가 뛰어내렸다. 능숙하고 가뿐한 동작이었다. 바지를 털며 다가오는 건 가시덤불 뒤에 숨어 있던 남자 아이와 똑같이 생긴 남자아이였다. 은기는 둘을 번갈아 보았다. 다가온 남자아이가 말했다.

"네가 먼저 들켰어."

그 아이가 승희였다. 괴상망측하다는 얼굴로 히라가 누구에게랄 것도 없이 물었다.

"둘 다 숨어 있으면 술래는 누구야?"

둘 다 숨고 찾는 사람은 없는 이상한 숨바꼭질이었다.

두 소년은 똑같은 흰 셔츠에 검은 바지를 입고 있었다. 똑같이 사슴 같은 피부색에 눈동자도 똑같은 정도로 까맸다.

"너지?"

"소개할 것도 없어."

"우리 사이에선 유명인이야."

둘이 번갈아 그렇게 나오자 은기는 더 위축되었다.

"할머니는 돌아가시기 전까지 늘 네 얘기를 했어. 너 때문에 우리가 태어난 거나 마찬가지라고."

은기는 식은땀이 났다. 그들을 태어나게 한 원인이라니. 도움을 구하려 히라를 바라보았지만 히라는 모르는 척하며 딴 곳을 보았다. 대화의 주제가 은기라는 것에 언짢아 있었다.

"우리 엄마들끼리 친구였다는 건 알지?"

그렇다고 했다. 히라의 엄마와 은기의 엄마와 승희, 승지의 엄마는 고등학교 단짝이었다고.

"할머니가 그랬어. 무슨 철가루처럼 붙어 다녔다고. 네 엄마가 임신하니까 우리 엄마랑 히라 엄마도 따라한 거래."

"임신이 무슨 유행도 아니고."

승희가 무표정으로 빈정거렸다.

"할머닌 네 엄마가 자석이었다고 했어. 우리 엄마도 삼촌도 철가루처럼 끌려가더래. 혼을 빼 간 거랬어."

승지는 할머니가 끊임없이 하던 한탄들을 정확히 무슨 뜻인지 모르기에 스스럼없이 말하고 있었다.

"혼이 무슨 금속인가."

승희가 혼잣말처럼 말했다.

"아, 우리 엄마랑 삼촌은 쌍둥이야. 우리처럼. 할머니가 죽었는데 둘 다 안 와."

오늘 아침 우유 배달이 안 왔다는 것처럼 승지가 말했다. 그제야 은기는 이것이 아이들끼리의 장례식이란 것을 알았다. 어른들의 장례식은 병원에서 치러지고 있었다. 할머니는 얼마 전 당장 수술이 필요한 교통사고를 당했다. 몸에 칼을 대거나 수혈을 받으면 안 되는 종교를 믿고 있어 신념에 따라 수술을 거부하고 돌아가셨다고 했다. 믿어지지 않았지만 승지는 그런 말도 안 되는 게 있다며 어깨를 으쓱했다.

"삼촌은 병원에 있어서 못 오는 거야. 삼촌은 미쳐서……."

"하지 마."

순간 승희가 낮게 주의를 주었다.

"왜? 얘도 당연히 들었겠지. 불 지른 게 우리 삼촌인 거."

은기는 안다는 뜻으로 고개를 한 번 끄덕였다.

나란히 서서 오래전 삼촌의 방화 사건에 대해 주거니 받거니 하는 승희와 승지를 찬찬히 보다가 은기는 알아차렸다. 나뭇잎 사이로 새어든 햇빛이 그들의 얼굴을 비췄는데 승지는 눈살을 찌푸리면서도 햇빛을 피할 생각을 않고 다 받고 있는 반면 승희는 아무런 표정 변화 없이 고개를 약간 기울여 햇빛을 빗나가게 했다. 그 뒤로 은기는 단 한 번도 두 사람을 혼동한 적이 없다.

"우리 처음 본 다음부터 넌 신기하게 잘 맞췄잖아. 누가 승희인지."

승지가 바로 그때처럼 눈살을 찌푸리며 말했다. 햇빛은 없었다. 커튼 때문에 사방은 어두웠다.

"누가 승희인지 맞춘 게 아니라 누가 너인지 맞춘 거야."

그 대답에 입을 다무는 것도 잊고 승지는 은기를 쳐다보았다.

"아…… 그건 생각 못 했네."

어째서인지 붉어진 귀를 하고 승지는 괜히 안경테를 매만졌다. 승지가 지금도 가시덤불 속에 숨어 먼저 들키지 않으려고 숨도 작게 쉬는 새끼 동물 같다고 은기는 생각했다.

그때 문이 열리는 소리가 나고 히라가 돌아왔다. 곧 승희도 들어왔다. 둘은 마치 각자 용건을 마친 다음 차례대로 들어서는 사람들 같았다. 승희는 의자에 걸어둔 교복 재킷을 말끔하게 다시 걸쳤다. 모든 행동에 군더더기가 없었다. 셔츠에는 구김도 없었다. 히라는 공기 같은 발걸음으로 은기 옆에 앉았다.

그러고는 상영이 끝난 텅 빈 스크린을 쳐다보며 말했다.

"우리 사귀기로 했어."

한동안 아무도 말하지 않았다. 승지는 못 박힌 동물 같았다. 그 '우리'란 게 누구와 누군지 명확히 지칭해 주기를 바라는 마음으로 승지는 기다렸다. 그 정적을 충분히 만끽한 다음 히라는 말했다.

"승희하고 정식으로."

문득 은기는 학교가 너무 조용하다고 느꼈다. 아무리 정규 수업이 모두 끝난 후라곤 해도 이토록 조용할까. 마치 세상에 네 사람만 남아 있는 기분이었다.

"〈늑대와의 삶〉 제대로 안 봤지? 너희들은 알파늑대 카마츠와 그의 아내 셔먹 같아."

승지가 체념한 목소리로 겨우 중얼거렸다.

"너 지금 나를 늑대에 비유……."

"셔먹은 정말 희귀한 검은 늑대야."

자신을 늑대에 비유한 것에 발끈하려던 히라는 '희귀한'이라는 말에 진정했다. 물론 검은 늑대는 딱히 희귀하지 않다. 그렇게 말하면 히라에게 먹힌다는 걸 승지가 잘 아는 것뿐이다.

히라는 시청각실을 나가기 전 얼핏 본 검은 늑대의 모습을 떠올렸다. 암컷인 줄은 몰랐다.

"근데 늑대는 구분이 안 가. 암컷도 남자처럼 생겼어."

얼굴만 봐선 성별을 모르겠다고 히라가 덧붙였다. 자기 무릎을 내려다보며 승지는 차라리 인류도 그랬으면 좋겠다고 생각했다. 남자처럼도 여자처럼도 생기지 않아서 얼굴만 보고는 서로의 성별을 몰랐으면 좋겠다고. 모른 채로 서로를 만나면 좋겠다고.

"서로 끌리는 이유에 관한 실험 다큐를 본 적이 있어. 예를 들어 감기에 잘 걸리는 체질의 사람은 감기에 잘 안 걸리는 체질의 사람을 배우자로 선택하더래. 그 사실을 모르는 상태에서. 자신의 유전적 취약점을 보완해줄 수 있는 상대에게 본능적으로 호감을 느낀다는 거야. 결국 유전자 차원의 끌림인 거지…… 그걸 자유의지의 끌림이라고 할 수 있을까?"

승지의 목소리가 점점 격앙되어 가자 마침내 승희가 이마를 짚으며 말했다.

"그러니까 그런 쓸데없는 것 좀 그만 보라고."

시청각실을 나와 승지가 문을 잠갔다. 열쇠는 다시 승지의 주머니로 들어갔다. 아무도 승지가 어떻게 교내 모든 장소를 마음대로 드나들 수 있는지 캐묻지 않았다. 어떻게 열쇠를 손에 넣었는지, 어떻게 내키는 대로 사용할 수 있는지 신경 쓰지 않았다. 어쨌든 승지는 학교의 모든 공공재에 대해 권리를 행사했다. 예전에 은기가 음악실에 뭘 두고 왔을 때도 승지는 별일도 아니라는 듯 잠긴 문을 열어주었다. 승지는 문지기 같았다. 그에겐 열쇠를 꽂고 돌리는 동작이 잘 어울렸다. 그렇게 승지가 어느 교실이든 정확히 맞는 열쇠를 꺼내 쓱 열고 들어가는 모습을 볼 때면 은기는 왠지 다행이라고 느끼곤 했다.

학교가 텅 빈 것처럼 느껴졌던 것은 역시 기분 탓이었다. 현관 입구 근처에 세 명의 여학생들이 옹기종기 모여 속닥거리고 있었다. 노란색 명찰을 보니 일 학년생들이다. 그중 유독 태도가 크고 산만하게 상체를 움직이던 아이가 히라를 발견하더니 주위를 조용히 시켰다. 그리고 다가와 상기된 표정으로 인사했다.

"선배님! 이제 집에 가세요?"

지금까지 오래 기다렸다는 것을 명백히 드러내며 여학생이 물었다.

"저 기억하세요? 저번에 홍보 책자 찍을 때 인사드렸는데."

기억할 리 없다. 히라는 미소 지었다.

"아니. 기억 안 나. 일 학년이니?"

"네! 저기, 그때 뵙고 제가…… 선배님이 너무 예쁘셔서……."

기억되지 못한 것에 전혀 개의치 않고 일 학년생은 갑자기 등 뒤로 숨기고 있던 상자를 내밀었다. 회색 포장지로 싸고 펄이 들어간 핑크색 리본으로 묶은 상자였다. 추가 비용을 내고 전문가에게 맡긴 완벽한 포장이었다.

"회색을 좋아하신다고 들었거든요. 곧 생일이라고…… 제 선물이에요."

"그래, 고마워."

히라는 익숙하게 받아 들었다. 그러자 건넨 당사자뿐만 아니라 뒤에 뭉쳐 있던 친구들까지도 좋아서 어쩔 줄 몰라 하는 게 보였다. 들뜬 친구들 앞에서 자신감이 솟았는지 일 학년생은 더 과감해졌다.

"저기, 죄송한데 하나만 여쭤봐도 될까요? 너무 궁금해서……."

"뭔데? 물어봐."

'지금 히라의 기분이 좋은 것은 승지가 희귀한 검은 늑대 같다고 해서일까, 승희와 사귀기로 했기 때문일까' 하고 은기는 생각했다. 그러고는 승희도 승지도 수없이 여러 번 경험한 이 상황을 언제나처럼 관망하고 있었다.

"어쩌다 어떤 선배들이 하는 소리 들은 건데요. 제가 엿들은 건 아니고요. 저기……."

잠깐 망설이는 척했다. 친구들이 '어서 물어봐!' 하고 입 모양으로 재촉했다. 일 학년생은 안심했다. 만약 결과가 좋지 않았을 때

책임을 전가할 빌미가 되어 줄 바로 그 재촉이 필요했던 것이다.

"어릴 때 유괴당하셨다고 들었는데…… 진짜예요?"

진공이 생겼다. 승지는 자신도 모르게 은기를 보았다가 아차 싶어 고개를 돌렸다. 히라는 대답하지 않았다. 잠시 침묵했다. 그러곤 말해 주기 곤란한 문제라는 듯이 부드러운 한숨을 한 번 내쉬었다. 이어서 연약하게 미소를 지어 보였는데 그 모습이 마치 그림 같아서 일 학년생들은 가파르게 가슴이 아파 왔다. 가슴이 아파 말문이 막혔다. 승지는 이번엔 개입을 바라듯 승희를 보았지만 소용없었다. 승희는 히라의 등을 대리석 같은 표정으로 보고 있을 뿐이었다. 은기는 언제나처럼 발끝을 내려다보았다.

히라가 풍기는 꿈결 같은 비애감에 취한 일 학년생들에게 그녀는 흐리게 웃어 보였다.

"나 그만 가 볼게. 잘 가."

일 학년생들에게 그런 히라의 반응은 고통을 누르며 가까스로 웃어 보이는 것으로 해석되었다.

"진짜야! 너무 멋지다!"

"거 봐! 내가 진짜라고 했잖아."

"괜히 마음만 아프게 한 거네."

"너도 물어보라고 했으면서!"

마구 뒤섞여 떠들어대는 일 학년생들을 뒤로 하고 학교를 나오면서 아무도 말이 없었다.

곧 비가 올 것처럼 하늘은 어둡고 공기는 습했다. 며칠 만에 나뭇가지들이 앙상해져 있었다. 승지는 자꾸 모두의 표정을 살피고 싶은 걸 억누르느라 입술을 깨물었다. 히라는 걸으면서 상자의 포장지를 거칠게 찢었다. 눅눅한 사방으로 종이 찢기는 소리만 날카롭게 울렸다. 초콜릿 상자였다. 따분하다는 표정으로 히라가 은기에게 자연스럽게 상자를 넘겼다. 은기는 얌전히 받아들었다.

어릴 때부터 이런 일은 몇 번이나 있었다. 아이들이 '너 정말 유괴 당했었어?' 하고 물으면 히라는 긍정하지도 부정하지도 않았다. 상처받았으나 애써 그것을 감추며 동시에 슬픈 기억이 떠올랐다는 표정으로 말없이 시선을 내리깔았다. 그 움직임이 전부였다. 솜씨가 좋았고 예뻤다. 그러면 아무도 더 이상 캐묻지 못했다. 못할 말을 꺼낸 자신을 책망하며 미안함과 연민에 울어 버리는 아이도 있었다. 그녀의 아름다움이 그 어떤 말보다도 효과적이었다.

끝내 흐릴 뿐 비는 오지 않았다. 히라네와 헤어져 집으로 가는 골목이었다. 승지가 안경을 벗어 셔츠 끝부분으로 닦고 다시 썼다.

"다시 맞춰야 되려나, 눈 아파."

"……."

"쌍둥이인데 왜 나만 시력이 나쁘지? 불공평해."

"그러니까 태양 쳐다보는 놀이 하지 말랬잖아."

"아."

승지는 바로 납득했다. 어릴 때 승희 말을 참 안 듣기도 했다.

"히라는 공유하기로 우리 맹세했잖아."

승지가 대뜸 말했다.

"그런 적 없어."

"안 속네."

"……."

"먼저 사귀자고 했어?"

"그래."

"어디서, 어떻게?"

"과학실에서, 만지면서."

정식으로 사귀자는 제안을 하고 수락을 하는 것에 무슨 의미가 있는지 모르겠다고 승지는 생각했다. 사귀는 게 아닐 때도 둘은 사귀는 것 같았는데 왜 굳이 그럴 마음이 들었을까, 승지는 머리가 아파 왔다.

"만지는 건 어차피 하고 있었잖아."

"그래."

"그럼 왜? 어떤 계기로?"

승지는 캐묻는 자신이 싫었다. 승희가 대답할 의무도 없었다. 승희도 그걸 알았지만 웬일로 순순히 대답했다.

"추워 보여."

'그래서 안아 주고 싶었다든가 그런 말은 제발 하지 마' 하고 승지는 속으로 빌었다.

"추워 보이는데 사실은 안 추울 것 같거든. 미심쩍은 냉기야."

"무슨 소리야? 못 알아먹겠는 내가 이상한 거 아니지?"

"체온 손실이 적게 생겼어."

"히라가 털이 많다는 뜻이야?"

"털이 그런 용도긴 하지."

승희가 피식 웃었다. 하지만 잠깐이었고 웃음기는 금방 사라졌다.

"자기 체온을 남한테 나눠 주지 않을 것 같아. 옆에서 누가 얼어 죽든 말든. 그 가차 없음이 편해."

"……."

"난 약한 건 싫다."

그렇게 덧붙여진 말에 승지는 고개를 떨어뜨렸다. 자기를 지목한 말처럼 느껴졌던 것이다.

"왜 여자와 남자가 서로 사귀고 싶어지는지 모르겠어. 다들 왜 그러지? 왜 꼭 둘이 되려고 안달이야? 외로워서 그러는 거면 셋이나 넷이 되지, 왜? 정말 난 이해가 안 가. 난 나로 충분해. 이미 내가 충분히 불완전한데 뭐하러 타인의 불완전까지 감당해야 돼?"

이번엔 승희가 아무 대꾸도 하지 않았다. 승지는 주저하다가 그러나 드물게도 확고한 어조로 덧붙였다.

"세상에 인간이 남자와 여자 두 종류만 있는 건 아니라고."

그 말에 승희가 멈춰 섰다.

"아니. 세상에 인간은 단 두 종류만 있어."

승희는 단호했다. 그는 깜깜한 목소리로 말했다.

"자신과 타인."

같은 시각, 같은 주제가 히라와 은기 사이에도 오가고 있었다.

"언제까지 남자애들이 주는 초콜릿을 나 버릴 순 없으니까."

아니다. 초콜릿은 다 은기에게 먹게 했다. '나에게 버린 거였나' 하고 은기는 담담하게 생각했다. 자신의 용도는 은기도 잘 알고 있다.

"대체 왜 나한테 줄 게 초콜릿밖에 없다고 생각하는 거지? 진짜 생각들 빈약하네. 줄 게 먹을 거밖에 없어? 왜 다들 처먹으래?"

히라가 거칠게 불평을 쏟아 냈다.

"아마 네가 이미 다 가지고 있다고 생각해서 그럴 거야. 너한테 부족한 게 있다고는 생각 못 해서."

그녀를 달래기 위한 은기의 해석이 맘에 들어 히라는 바로 진정되었다.

"거절하는 것도 귀찮고. 승희라면 좋은 방패 장식이 되잖아."

히라가 몸에 두른 것이 승희라면 그보다 근사하고 위협적인 장식물은 없을 것이다. 그와 사귄다는 게 알려지면 적어도 학교에선 아무도 고백하지 못한다. 히라는 한숨 났다는 듯 나른한 표정으로 목을 매만졌다. 가벼운 스트레칭을 마치고 샤워한 뒤였다.

히라는 운동은 절대로 하지 않았다. 땀 흘리는 모습을 보이기 싫다는 것이 이유 중 하나였다. 땀은 노력을 상징하고 노력은 촌스럽다고 히라는 생각했다. 노력해야 했기에 발레를 그만두었다. 그와 같은 이유로 히라는 학교에서도 결코 눈에 띄게 공부하진 않았다. 시험이 다가와도 무심하게 굴었다. 다른 아이들 앞에선 정규교육 자체에 냉소적이고 등수에 회의적인 것처럼 행동했다. 하지만 시험을 보면 늘 일등이었다. 그다지 노력하지 않는데도 타고나길 머리가 좋아서 어쩔 수 없이 좋은 성적이 나와 버린다는 이미지를 고수했다. 그녀가 부모로부터, 자신이 원하는 성적을 위한 모든 지원을 요구해 받는다는 것과 집에 돌아와 책상 앞에선 남몰래 자신에게 혹독하다는 건 은기만 알았다.

히라는 거울 앞에 서서 자신의 벗은 몸을 꼼꼼히 검사하고 있었다. 교도관처럼 날카로운 눈빛이었다. 마치 몸 안에 가둬둔 누군가를 감시하기라도 하는 것처럼. 막 오려낸 종이 인형처럼 얄팍하고 섬세한 몸이었다. 곧은 자세를 유지하려는 습관 때문인지 놀랍도록 균형 잡혀 있었고, 철저한 식이 제한으로 위험할 만큼 지방이 적었으며 그로 인해 근육도 적었다. 히라는 몸을 지배하려 했다. 그래서 식욕을 참아냈을 때 희열을 느꼈다. 몸을 통제하는 데 성공했다는 만족감. 아빠도 엄마도 세상도 내 마음대로 할 수 없지만 적어도 내 몸은 내 마음대로 할 수 있다는 점이 그녀를 만족시켰다. 그러나 언젠가 몸이 자신을 지배하게 되는 날이 온다는 것은 아직 알지 못했다.

은기는 젖은 그녀의 머리카락을 닦아주기 위해 수건을 들고 등 뒤로 다가갔다. 한없이 부드러운 속삭임을 보는 것 같은 몸이었다. 신기루 같으면서도 동시에 지독한 실재감을 갖고 고문처럼 눈앞에 서 있는 그녀를 은기는 몇 시간이고 그저 바라볼 수도 있었다.

믿어지지 않지만 히라에게도 통통하게 살이 오른 시절이 있었다. 그 당시의 사진을 히라는 모두 없애버렸다. 아빠가 짐을 정리해 집을 나가고 엄마는 소란했던 싸움의 끝에 무기력해지고 무기력의 끝에 왠지 죽은 친구의 딸을 데려오고 히라는 땀 흘리기 싫다며 발레를 그만두는 등 멀리서 보면 사소할 여러 가지 일들이 연달아 일어난 직후였다.

어느 날 히라는 엄마가 오븐에서 쉴 새 없이 고칼로리 음식을 꺼내 온다는 것을 깨달았다. 한 달에 한 번 만날 때마다 아빠의 표정이 조금씩 불만스러워지더니 어느 날 히라에게 "볼 때마다 더 살쪄 있네?"라고 한 뒤였다. 히라는 아직 뚱뚱하지도 않았다. 그러나 아빠는 히라를 하얀 눈사람이라고 비아냥거리며 놀리기 시작했다. 마침내 히라는 이상한 점을 눈치챘다. 그즈음 엄마는 자고 있는 게 아니면 늘 오븐 앞에서 빵을 굽고 있었던 것이다. 베이킹이 취미인 것과는 달랐다. 시판용 반죽을 대량 구입해서 계속해서 굽고 꺼내는 것을 반복했다. 포장지를 벗기고 그대로 오븐에 넣기만 하면 완성되는 생지들이 냉동실을 꽉 채웠고 파이 시트지 위에 올릴 설탕에 절인 가공된 과일들과 치즈와 견과류와 생크림이 시원한 구석마다 쌓여 갔다. 그리고 완성품은 히라의 식탁으로 옮겨졌다.

히라가 "엄마는 안 먹어?" 하고 초코 크림을 핥으며 물으면 "엄만 히라가 먹는 것만 봐도 행복해."라고 했다. 거짓말이 아니었다. 막 꺼낸 찐득한 브라우니를 양손으로 받쳐 들고 다가올 때의 엄마는 정말 행복해 보였다.

선택지가 없었다. 고르려고 해도 가지 구이와 파운드케이크 중에서가 아니라 치즈 타르트와 파운드케이크 중에서 골라야 하는 거였다. 매일 빵과 쿠키만 준 것은 아니었다. 가끔 간식이라며 떡을 먹기 쉽게 한입 크기로 잘라 기름에 튀긴 다음 설탕에 굴려서 주거나 잼 바른 와플을 꿀에 적시고 휘핑크림을 높이 쌓아 주기도 했다. 땅콩크림을 히라가 티스푼으로 떠먹으면 다가와 티스푼을 빼앗고 밥 수저로 바꿔 주고 갔다. 엄마가 자신을 의도적으로 살찌우고 있다는 것을 히라는 깨달았다. 엄마는 고지방, 고탄수화물 음식으로 히라를 부풀리고 아빠는 히라의 부푼 몸에 대해 신랄하게 깎아내리는 일이 반복되었다.

엄마의 몸에 감돌던 묘한 열기. 그것은 오븐 앞에 너무 오래 머물

러서일 수도 있었지만 왠지 엄마의 내부에서 오는 열기 같기도 했다. 마치 햇빛 아래 오래 방치되어 손대 보면 뜨끈뜨끈한, 속이 부패해 터지기 직전인 과일 같았다. 때때로 히라는 그 뜨거운 엄마를 먹고 싶다는 충동에 시달렸다. 한입에 삼켜 버리고 싶다고. 입천장을 다 데더라도 상관없다고.

"아빠에게 미움받게 하려는 거야. 엄마보다 날 더 좋아하니까. 엄만 내가 예쁜 걸 싫어해."

히라는 이불 속에서 은기에게 냉정하게 속삭였다. 은기는 아닐 기리고 신불티 위로해 줄 수가 없었다. 현관문을 여는 순간 덮쳐 오는 기름지고 달콤한 공기에 눌려 머리가 아프기 시작한 지 오래였기 때문이다.

어떤 방법으로 그 상황을 벗어나야 하는지 알지 못했다. 무엇보다도 엄마의 행동에 대해 옳고 그름을 선고하지 못했다. 어른들에 대해 잘못되었다는 선고를 내리는 것은 엄두도 못 냈다. 어른이 잘못된 행동을 한다고는 생각지도 못했던 것이다.

학교가 끝나고 집에 돌아오는 길에 히라는 길가의 꽃을 꺾어 씹고 뱉을 때가 있었다. 왜 꽃을 먹느냐고 물으면 자기도 모르겠다고 했다. 왜 그런지도 모르면서 은기도 같이 먹었다. 히라는 그냥 툭 줄기를 꺾어서 그 단면을 빨거나 꽃잎을 수술과 받침까지 통째로 입에 물고 씹기도 했다. 노란 꽃, 자주색 꽃, 파란 꽃, 시든 꽃, 병든 꽃의 생식 세포를 잘근잘근 씹다가 둘 중 누군가 "아, 쓰다." 하면 마주 보고 깔깔 웃었다.

집 근처까지 오면 주인의 발소리를 알아듣고 저 멀리서부터 짖기 시작하는 개처럼, 그 맹렬한 단내는 저 멀리서부터 풍겨 왔다. 그것은 히라를 향해 짖어대는 단내였다. 히라는 겁내지 않았다. 등을 꼿꼿이 펴고 은기의 손을 꼭 그러쥐고, 한껏 냉담한 표정으로 집을 향해 걸어가는 거였다.

중학생이 되어 급식을 먹게 되고 학교생활의 비중이 집보다 커지면서 히라는 당연하게도 엄마와 멀어졌다. 엄마의 의심스러운 애정과 멀어졌다.

"육체가 비대해지면 거기에 정신이 함몰되고 말 거야. 그렇지 않니?"

안 먹기 위한 근사한 이유를 찾아냈다는 듯 말하며 히라는 급식의 절반의 절반만 먹었다. 진하고 꾸덕꾸덕한 브라우니가 검은 벽돌처럼 쌓여 있는 집으로는 최대한 늦게 돌아갔다.

오늘도 엄마의 브라우니는 냉장고에서 식고 있을 것이다. 차가울수록 더 맛있어진다. 히라는 거실 탁자 위 커다란 유리 볼에 하루도 빠짐없이 가득 채워져 있는 오색찬란한 젤리들과 버섯 모양 마시멜로를 자기도 모르게 떠올리곤 황급히 머리를 털었다. 맺혀 있던 물방울들이 후두두 떨어져 등줄기를 타고 흘러내렸다. 은기가 그녀의 몸에 맺힌 물기를 두툼한 수건으로 톡톡 두드리듯 닦았다. 히라가 거울을 통해 그런 은기를 흘깃 보더니 말했다.

"너 3킬로그램만 빼면 좋겠어."

은기의 체중은 통계상 평균이었다. 그러나 모든 게 비범해야 하는 히라는 은기의 평범까지도 못 견뎌 했다. 확답을 하지 못하고 은기는 어렵게 웃어 보였다. 웃음이 나오느냐는 표정으로 히라는 은기의 몸을 얼굴에서 다리까지 훑어보며 한숨 쉬었다.

하얀 팬티에 다리를 넣으며 히라는 문득 과학실에 있던 유리 비커 하나를 깨트렸다고 중얼거렸다.

"너인 줄 알았다."

은기는 멈칫했다. 승지가 도서관에 있다고 해서 온 참이었다.

"너만 걸을 때 소리를 안 내니까."

승희가 말했다. 잠깐 혼란스러웠지만 도서관에 앉아 있는 건 분명 승희였다.

"……내가?"

그랬었나, 의식하지 못했다. 은기는 황급히 책장 쪽으로 향하고 책을 고르러 들어온 척했다.

"그거 승지 안경이지?"

은기는 망설이다가, 물어보았다.

"한번 써 봤어."

승희가 안경을 벗어 책상 위에 놓으며 무심히 말했다. 그의 모든 움직임이 간결했다.

"어지럽네."

"넌 눈이 좋으니까."

"그래."

더 이상 대화는 이어지지 않았다. 승희는 그저 가만히 책상을 바라보고 있었다. 책상 위에 있는 건 은기가 분명 승지의 것이라고 알고 있는 노트와 캐릭터 필기구들이었다. 승희가 승지 자리에 앉아서 뭘 보고 있는지 알 수 없었다. 은기는 돌아서서 계속 책을 찾는 척했다. 대화란 가능한 적고 얕을수록 좋다고 은기는 생각했다. 그게 인간관계를 오래 온전하게 유지하는 최고의 방법이라고. 얕은 대화는 얕은 갈등을 만들지만 깊은 대화는 깊은 갈등을 만든다. 대화가 뭔가를 해결해 준다는 생각은 환상이다.

어서 이 불편한 공간에서 탈출해야겠기에 은기는 손에 쥐어지는 대로 아무 책이나 꺼냈다. 《타인의 고통》이었다. 찾던 책이 그거라는 듯이 은기는 책을 품에 안고 도서관을 나왔다. 들어올 때처럼 나갈 때도 아무 소리도 내지 않았다.

복도 끝에서 걸어오는 승지가 보였다. 얼굴에서 물을 뚝뚝 떨어트리며 다가왔다.

"세수했어. 졸려서."

눈이 침침해 안경을 벗고 기지개를 펴다가 그대로 씻으러 나간 거였다. 은기는 승희가 네 안경을 쓰고 있더란 말은 하지 않기로 했다. 왠지 봐선 안 되는 걸 봐 버린 기분이었다.

"승희 있더라."

"나 혼자였는데. 언제 왔지?"

흘러내리는 뺨의 물기를 손등으로 훔치며 승지가 갸우뚱했다.

"히라는?"

은기 옆에 히라가 없는 건 드문 일이었다.

"학교 홍보 영상 찍으러. 거기 가 있어."

"커피 마시사. 아식 솔려."

"응."

자판기가 있는 1층으로 내려가면서 은기는 도서관에 앉아 있을 승희를 떠올렸다. '승지에게 할 말이 있었던 건 아닐까' 하는 생각이 든 것이다.

✤

"히라 엄마를 보면 남방앵무가 생각나."

언제나처럼 뜬금없이 승지가 커피를 마시려다 말고 말했다.

"남방앵무?"

"응. 날개 달린 배추처럼 생긴 새야."

알아들었다는 뜻으로 은기가 끄덕였다.

"모피를 얻으려고 수입해 들여온 50마리의 비버가 있었대."

승지의 이런 예측할 수 없는 화법에는 이미 익숙했다. 은기는 경청했다.

"하지만 역시나 사람들은 금세 비버 모피에 흥미를 잃었지. 비버 모피로 만든 모자의 유행은 짧았거든. 사람들의 관심을 잃자마자 비버는 50만 마리로 늘어났어. 그런데 그 비버들은 죽을 때까지 끊임없이 자라는 이를 가졌대. 그걸 어쩌지 못하면 이가 계속 자라서 입천장을 뚫고 뇌를 찔러 죽는 거야. 그래서 어떻게든 이를 닳게 해야 했기 때문에 본능적으로 나무를 갉아 대기 시작했는데…… 상상해봐. 한 번에 50만 마리가 갉아 대는 거니까."

"남방앵무와 어떤 연관이 있는 거야?"

"모르겠어? 그 비버들이 다 쓰러뜨려 버린 거야. 남방앵무가 내려앉아 쉬던 나무들을. 남방앵무들은 이제 어디 앉아서 쉬겠냐?"

어디부터 어디까지를 사실로 받아들여야 하는지 알 수 없어서 은기는 부연 설명을 기다렸다. 하지만 부연 설명은 없었다.

"죽을 때까지 이가 자란다는 건 어떤 걸까. 다른 종들도 참 힘들게 사는 것 같아."

승지는 조금 훌쩍였다. 그러곤 훌쩍인 건 이러기 위한 예비 동작이었다는 듯이 노래를 흥얼거리기 시작했다. 그의 탄산수 같은 목소리는 종종 노래하는 용도로 사용되었다.

"어느 이름 모를 나라에선 세 걸음 만에 길을 잃는다네. 이쪽으로 한 걸음, 가도 될까. 안 되겠어. 너무 무서워."

노래는 짧았다. 은기는 더 듣고 싶었다. 요구하진 않았다.

"무슨 노래야?"

"몰라. 어제 본 영화에서 여자애가 혼자 누워서 부르더라. 자장가 같은 건가 봐."

그가 혼자 노래를 부를 때마다 은기는 귀를 쫑긋 세우고 들으려 했었다. 대부분 단조였으며 낯선 노래였다. 특별히 누구 들으라고 부르는 것도 아니었지만 은기는 귀를 기울였다. 그냥 부르는 게 아니라 어쩌면 그 안에 숨은 의미가 남겨 있을지 모른다고 생각했기 때문이었다. 어쩌면 신호라면. 구해 달라는 신호였다면. 무심코 흘려보낸다면 나중에 두고두고 후회할지 모를 결정적인 신호라면. 그런 생각에 신경이 쓰였다. 고양이가 안락한 기분일 때도 그렇지만 아플 때도 치유를 위해 고릉고릉 목 울리는 소리를 내는 것처럼. 승지의 노래도 그런 거라면, 혹시라도 그럴지 몰라서 은기는 귀를 기울였다. 하지만 그것이 설사 진짜 구조 신호였다 해도 들어 줄 뿐 달리 어떻게 해 주지는 못했을 것이다.

"난 우리 삼촌이 네 아빠일 확률이 높다고 생각해."

승지가 갑자기 생각난 것처럼 말했다.

"아니야."

은기가 즉시 대답했다. 전에 히라가 이 얘기를 했던 게 기억났다. 승지는 네 아빠가 누군지 아는 것 같다고.

"단언하네?"

"그 사람을 만난 적이 있으니까."

그를 은기는 만난 적이 있다. 그가 누군가의 아버지일 리 없다. 그가 섹스를 한다고는 생각할 수 없었기 때문이다. 잘 설명할 순 없지만 그런 느낌의 사람이었다. 자위는 하지만 섹스는 하지 못할 것 같은, 혼잣말은 괜찮지만 대화는 어려워하는 것과 같다. 그는 타인과의 소통을, 육체적인 소통도 포함해서 제대로 자신에게 허락하지 못하는 사람처럼 보였던 것이다.

"네가 하는 말이니까 맞겠지. 그 사람에 대해선."

승지가 순순히 수긍했다. 하지만 궁금한 건 아직 많았다.

"넌 엄마 아빠에 대해 알고 싶지 않아?"

"알고 싶지 않아."

정말이었다. 애초에 태어나는 것에 동의한 적도 없다. 그 사람들을 자의로 선택조차 하지 않았다. 그래서 궁금해하기 싫었다. 그럼에도 사실 은기는 이미 많은 걸 알고 있었다. 하지만 승지에게 말해주진 않을 거였다.

"우리 삼촌이 네 아빠가 아니라면 왜 네 엄마한테 그런 짓까지 했을까. 그때 네 엄마가 거부해서 그런 걸로 결론 났다던데. 아니라면 둘이 무슨 관계였을 것 같아? 넌 흥미 안 생겨? 네가 가장 관계된 사람인데."

은기는 들여다보고 싶지 않았다. 길바닥에 있는 구멍에 대한 것과 같다. 저 안에 뭐가 있을지 한 번쯤 보고 싶다는 생각이 들지만 정작 고개를 내밀어 들여다보기엔 께름칙한 구멍. 구멍 안에 뭐가 있든 대단한 건 아닐 것이다. 구멍이 구멍에게 다가가면 더 확장된 구멍만 될 뿐이다. 하지만 이런 생각을 누군가에게 설명할 필요는 없어서 은기는 아무 말 하지 않았다. 말없는 은기에게 익숙한 승지도 더 묻진 않았다. 그냥 혼잣말처럼 말하기 시작했다.

"난 궁금해. 그 네 명의 관계가 우리 넷의 관계에 어떤 힌트가 돼주지 않을까 해서. 뭔가 그들과 우리가 연결되어 있는 느낌이야. 아니, 사실은 뭐라도 좋으니까 우리 부모늘한테 무슨 비밀 같은 게 있었으면 좋겠다. 그럼 사는 게 덜 심심할 텐데. 영화나 소설처럼 말이야. 우리 넷한테 각자 운명 지어진 역할이 있고 각자 소유한 열쇠가 있어서 같이 풀어내야만 그 비밀이 열리는 거지."

그런 건 없을 거라고 은기는 생각했지만 역시 말하진 않았다. 굳이 승지의 희망에 밥을 걸 필요는 없었다.

"나 삼촌이 그린 그림 본 적 있어. 할아버지 몰래 할머니가 숨겨뒀던 거 몇 장."

"어땠어?"

"근데 아마 내가 편협하게 봤을 거야. 아무래도 정신병원에 있다는 걸 알고 나서 본 그림이니까."

"……."

"학대 아동이 받는 미술 치료 같은 거 있지? 다큐멘터리에서 본 적 있거든. 오래 학대받아서 전두엽과 측두엽이 오그라든 어린애가 그린, 꼭 그런 그림 같았어."

"……."

"사귄다는 건 어떤 걸까?"

또 승지의 생각이 공처럼 튀었다. 사전적인 대답을 해 주고 싶었지만 모르겠어서 은기는 사실대로 말했다.

"나도 잘은 모르겠어."

"누굴 사귀는 걸, 나도 할 수 있을까?"

"그럴 거야."

"아냐."

승지는 절망적으로 고개를 저었다.

"부끄러워서 아무래도 안 될 것 같아."

승지는 자신이 누구와도 사귈 수 없을 거라고 생각했다. 부끄러웠기 때문이다. 자신은 누군가와 사귈 자격이 없다고 생각했다. 바람이 떨어뜨린 벚꽃을 지나가다 우연히 맞을 자격, 갑작스레 튀어나온 길고양이의 폭풍 같은 애교를 받을 자격, 담벼락에 생긴 금에서 흘러내리는 돌가루를 보고 왠지 눈물이 날 자격, 책을 찢다가 문득 종이 냄새를 맡고 서글퍼질 자격. 그런 자격이 자신에게는 없다고 생각되었고 자격이 없음에도 주어지는 것들에 대해서는 부끄러움을 느꼈다. 부끄러웠고 숨고 싶어졌다.

"널 이해하는 사람 말고 너에게 동의하는 사람을 만나. 네가 그런 사람을 만났으면 좋겠어."

드물게 은기가 긴 문장으로 말해서 승지는 감격했다. 한참 생각
해 보곤 알았다고 끄덕였다.

"그럼, 우리 나중에 결혼할래?"

왜 그런 결론이 나오는지는 모르겠지만 갑자기 승지가 물었다.
농담이란 거 안다는 뜻으로 은기가 웃어 보였다. 그런데도 승지가
진지한 표정으로 계속 쳐다봐서 은기는 당황했다. 시선을 피하기
위해 마침 승지의 교복 재킷에 달라붙은 보풀을 발견해 냈다. 떼 주
려고 손을 뻗었다.

"나랑 끝까지 갈 거 아니면 내 몸에 손대지 마."

그대로 손이 멈춰 버린 은기를 보고 승지가 참고 있던 웃음을 터
트렸다.

"농담이야. 어제 본 영화에 나온 대사……."

"그런 것 좀 그만 봐라."

승희였다. 승지도 은기도 그가 온 줄 전혀 모르고 있었다.

"놀랐잖아! 갑자기 나타나고. 무슨 가젤을 노리는 포식자도 아니
고."

일일이 동물에 비유당하는 것에 지쳤다는 듯 승희가 한숨을 내쉬
었다.

"할아버지 호출이야."

"왜."

"왜긴, 네가 돈 훔친 걸 결국 아신 거지."

승지가 경직되었다.

"그렇게 일정하게 상당한 금액을 꾸준히 빼내면 노인네라도 알게 돼."

"말 지어내면 먹힐까?"

"……."

"아니겠지."

자문자답 후 시무룩해진 승지는 은기를 돌아볼 기력도 없이 인사했다.

"갈게. 혼자 궁리 좀 해 봐야겠다."

계단을 타박타박 올라가는 소리가 멀어져 갔다. 손쓸 틈 없이 은기와 승희만 남았다. 은기는 아무렇지 않은 척하려 했지만 진공이 느껴졌다. 눈을 맞추지 않으려고 발밑을 보면서, 용기를 내 말해 보았다.

"도와 줘."

"뭘."

"널 예뻐하시잖아. 잘 말씀드리면……."

"상당히 모았겠어. 넌 알지? 승지가 왜 돈을 모으는지."

"응."

"이유를 말하는 게 먼저라는 뜻이야."

"승지는 돈이 필요해."

"아르바이트 하잖아."

"그보다 많이."

"히라한테 섬이라도 사 줄 거래?"

"……."

은기는 그 이상은 말해 줄 수 없었다. 어떤 불일치에 대해 단 몇 마디로 설명하기란 어려운 거였다.

"부탁해."

"……뭐든 할래?"

"그럼 승지한테 길 거야?"

"할아버지한테 가겠지."

은기는 잠시 생각한 뒤 고개를 끄덕였다. 그러나 자신이 정말 승지를 위해서 뭐든 하겠다고 한 건지 아니면 그 '뭐든'에 자신을 밀어 넣고 싶어서 그런 건지 은기는 혼란스러웠다.

제과점 계산대에 엎드려 승지는 새끼 판다들의 모습을 실시간 중계해 주는 방송을 보고 있었다. 컴퓨터 화면 속에서 판다들이 여기저기 널려 자고 있었다. 가끔 귀를 쫑긋거리지 않았다면 정지 화면인 줄 알았을 것이다. 손님은 두 팀 있었지만 모두 빵을 고르는 데 지나치게 신중했다. 승지는 유리컵에 든 차가운 물을 한 모금 마셨다. 찬물이 닿자 졸음을 쫓기 위해 씹고 있던 껌이 젖은 시멘트처럼 딱딱해졌다. 껌을 오래 씹는 데도 온기는 필요한데 아이가 자라는 데 온기가 필요하지 않을 리 없다.

승지는 유아기 때 온기가 부족한 바람에 자신이 어딘가 잘못 자랐다고 생각했다. 딱딱해진 껌처럼 불편하고 어디서든 뱉어지는 사람이 되어버렸다고. 그래도 무엇으로든 애정을 사는 짓은 하고 싶지 않았다. 어른들의 애정 따위에 우쭐해지는 건 부끄러운 짓이라고 생각했다. 그들의 인정 없이는 자신을 스스로 자랑스러워할 수조차 없다니. 외부 반응으로부터 자립하고 좀 더 태연해져야 한다고, 구속과 간섭에만 반항할 것이 아니라 그들의 애정과 보호도 거부할 수 있어야 한다고 생각했다. 그런 이유로 승지는 경쟁에서도 자진해서 탈락했다. 그랬다고 생각했다. 그러나 승지는 또한 그것이 변명이라는 것도 알고 있었다. 승지는 승희보다 뛰어나고 싶지 않았지만 뛰어날 수도 없었다. 누군가를 이기기 위해 하는 일들에 환멸을 느꼈다. 승지는 빠르게 포기했다. 할아버지도 포기가 빨랐다. 늘 기대 이상의 결과물을 보이는 승희가 있었고 충분히 그를 만족시켰기 때문이다. 승지는 주 양육자의 관심을 빼앗기거나 상실한 것이 아니라 스스로 사양했다고 생각하기로 했다. 그 편이 덜 울적했기 때문이다.

어제 할아버지를 바로 만나러 가지는 못했다. 삼킬 약이라도 사야겠다고 생각해서 약국에 갔다가 히라 엄마와 마주쳤다. 그녀는 언제나처럼 발목까지 덮는 긴 치마를 입고 거대한 모피를 걸치고 있었다. 막 벗긴 털가죽을 힘겹게 등에 지고 부양할 가족에게 돌아가는 오지의 소녀 같은 모습이었다. 왜 요새는 놀러 안 오냐는 인사치레로 시작해 며칠 후로 다가온 히라 생일에 꼭 오라는 초대로 대화는 끝났다. 처방 약을 받아 먼저 나가는 그녀에게서 설탕 냄새가 났다.

불안함에 역 주변을 이리저리 헤매다가 밤이 다 돼서 겨우 집에 들어갔다. 할아버지는 술상 앞에서 승지를 기다리고 있었다. 바른 자세로 승희가 할아버지의 술잔에 술을 따르고 있었다. 능숙했고 술잔이 비는 때를 놓치지 않아서 할아버지는 흡족해했다. 생각보다 할아버지는 기분이 나쁘지 않아 보였다. 그는 성질이 불같고 무서운 사람이었다. 말은 많지 않았다. 열 번 말하느니 한 번 다리를 부러뜨리는 게 낫다는 주의였고 그렇게 해 왔다. 승지를 앉히고 할아버지는 곧바로 결정 사항을 통보했다. 그는 돈을 훔친 이유나 돈의 사용처에는 관심도 없었다. 가져간 돈을 모아 두었다면 그대로 돌려주면 되고 써 버렸다면 아르바이트를 해서 갚을 것, 기한은 졸업 전까지. 돈은 한 푼도 쓰지 않고 모아 왔기에 승지가 가져간 통장을 그대로 내밀자 상황은 일단락되었다. 겁먹은 것치고 싱겁게 끝나서 오히려 승지는 당황했다. 할아버지는 도둑질이라는 부도덕한 행동보다도 감히 자신의 권위에 흠집을 낸 것에 더 노여워할 사람이었기 때문이다. 천둥 같기로 동네에서 유명했다. 법과 질서가 무른

옛날 같았으면 사람 한둘은 죽였을 성질이라고들 했다. 실제로 몇 명 죽였고 안 들킨 것뿐일 거라고 승지는 생각했다. 승지는 입원까지 각오하고 왔다. 그런데도 멀쩡하게 상황이 정리되는 것이 이상했다. 할아버지가 너무 취해서 제정신이 아닌 건가 싶었다. 승희는 한마디도 없이 술잔을 채우고 있었다. 할아버지가 건네는 잔을 받아 몇 잔 마시기도 하면서 승지 쪽으로는 시선도 주지 않았다. 승지는 자기가 술을 마신 것처럼 입이 썼다. 승희가 할아버지를 잘 다룬다는 것에 왠지 화가 났다. 급속히 우울해졌다. 둘 사이에 무슨 말이 오간 것이 분명했지만 승지는 물어볼 수가 없었다.

화면 속에서 새끼 판다들이 꾸물꾸물 움직이기 시작했다. 한 마리가 깨서 자고 있는 다른 한 마리를 굴리면서 깨우면 깨어난 판다가 옆에서 자고 있는 다른 판다를 똑같이 깨우는 행동의 연속이었다. 열한 마리까지 깨어났을 때 히라가 또각또각 소리를 내며 그러나 소리와 상관없이 아름다운 외모만으로 주위의 시선을 모으며 제과점 안으로 들어왔다. 적당한 굽이 있는 구두와 철저히 심플한 진초록 원피스에 남색 재킷을 걸쳤다. 승지는 히라가 등장한 순간부터 눈을 떼지 못하고 있었다.

"은기는? 두고 왔어?"

"셋이 데이트할 순 없잖아?"

히라는 여기서 승희와 만나 영화를 보러 가기로 했다.

"내가 걔 옆에 항상 붙어서 보살펴 줘야 되니? 집에 잘 있어. 걱정 마."

"네가 걔 보살펴 주는 걸 즐기는 거 아니었나?"

승지가 어깨를 으쓱하며 말하곤 컵에 우유를 따라 내밀었다. 짜증에는 칼슘이 좋다고 들었다.

"마실래?"

"뭔데."

"사람들이 우유라고 부르는 건데 몰라?"

"너야말로 모르니? 난 불투명한 액체는 안 마셔."

불투명할수록 칼로리가 높다. 히라는 한심해서 고개를 저었다.

손님들이 일제히 계산을 마치고 나가자 승지는 슬그머니 히라 옆으로 왔다. 아무도 눈치 못 채는 사이 그늘이 이동하는 것처럼 승지도 그랬다. 히라는 점내에 하나뿐인 탁자에 앉아 쌓여 있는 빵들을 외면하느라 창밖만 쳐다보고 있었다. 승지는 괜히 앞치마 끈을 만지작거리며 벽에 기대섰다.

히라는 버터 냄새에 둘러싸인 순간부터 은기가 해주는 시체 얘기가 절실했다. 만약 시체가 버터 냄새를 풍긴다면 혀끝을 대 볼지도 몰랐다. 은기라면 한 잔에 125칼로리나 하는 우유를 권하지도 않았을 것이다. 짜증이 치밀어서 히라는 승지를 괴롭혀 주기로 했다.

"지금 이 노래 제목이 뭐더라."

당황한 승지는 양쪽 관자놀이 옆에 부착된 음의 수용 기관을 작동시키고 떠도는 노래를 급히 채집했다. 켜 둔 라디오에서 나오는 노래였다. 분명히 아는 노래인데 생각이 안 났다. 도무지 떠오르지 않자 전두엽이 헝클어졌고 쫓기듯 아무 제목이나 내뱉었다.

"〈아스피린 소년〉"

그녀는 어처구니없다는 표정을 지었다.

"아니잖아."

아니다. 그 노래가 아니다. 승지는 패배감을 느꼈다.

"……아니라고 해서 날 죽이진 않을 거잖아."

승지는 체념해서 그렇게 말했다. 그녀가 하는 모든 말에는 하이라이트가 비춰지고 있는 것 같았고 그래서 상대방의 목소리에는 저절로 그늘이 졌다. 히라는 그런 승지를 무시하고 인공 눈물을 꺼냈다. 고개를 젖히고 하루치의 눈물을 눈에 넣었다. 날개 뼈 아래까지 기른 머리칼이 뒤로 한껏 젖혀지며 목이 드러났고 드러난 그녀의 긴 목이 눈에 띄게 아름다워서 승지는 심장이 두근거렸다. 저 목이 갖고 싶었다. 안구를 적시고 흘러내린 한 방울이 뺨을 타고 내려오다 턱 끝에 매달렸고 그녀는 일부러 그것을 눈치채지 못한 척 그대로 두었다. 그녀는 승지가 눈물의 행방에 주목한 채 꼼짝 못 하고 있는 것을 잠시 즐겼다.

"……공기 중에 떠다니는 먼지의 80퍼센트가 인간의 죽은 피부세포래."

승지가 혼잣말처럼 말했다.

"그냥 쉽게 각질이라고 해."

히라의 핀잔에 승지가 우물거렸다.

"너 듣기 불편할까 봐 피부 세포라고 한 건데."

히라는 무시했다.

"네 유전 정보를 갖고 있는 각질과 내 유전 정보를 갖고 있는 각질이 공기 중을 떠돌다가 지구 어딘가에 착실히 쌓여서 흙이 되고 빗물을 마시고 미생물을 키우고 식물로 자라고 짐승에게 먹혀 피로 흐르고 세포가 되고 자손으로 태어나고 진화 과정을 거쳐 수억 년이 흐른 뒤에 언젠가 새로운 생물이 된다면, 그 생물은 너이기도 하고 나이기도 한 존재일지도 몰라. 그건 내가 너인 동물일 거야. 그게 아마 내가 네가 될 수 있는 유일한 방법일 거야……. 이렇게 너랑 가까이 있으면 네 각질을 더 많이 마시게 되겠지?"

히라는 질렸다는 표정이었다.

"넌 참 정성스럽게 미쳤어."

"……미친 건 부끄러운 게 아니야!"

승지가 발끈했다. 그렇게 말해 놓고 불안했다. 미치는 것 외에 모든 걸 부끄럽게 생각한다는 걸 들킬까 봐. 다행히 히라는 무관심했다. 그녀의 손이 계속 핸드폰을 만지작거리고 있다는 것을 승지가 눈치챘다. 승지는 그녀가 자존심 때문에 전화하지 못하는 걸 거라고 짐작했다.

"내가 전화해 볼까? 왜 안 오냐고."

"너랑 승희는 통화 같은 거 안 하잖아."

네가 원하면 할 수도 있다는 의미로 승지는 말한 거였고 히라는 돌려서 거절한 거였다. 사실은 그가 어서 오길 바라는 건지, 아니면 더 늦기를 바라는 건지 자신도 혼란스러웠기 때문이다. 그때 얼룩무늬 고양이가 제과점 앞을 지나갔다. 오렌지빛 제과점 실내에 앉아 있는 히라와 승지를 흘깃 쳐다보았지만 멈추진 않았다. 고양이는 자신을 동정하지 않는다. 차가운 공기가 지면에 카펫처럼 깔려 있었다. 고양이는 종종걸음으로 직진해서 셔터가 내려진 은행을 지나고 공사 때문에 파헤쳐진 도로의 보도블록 파편 더미를 넘고 어두운 공동 주차장 옆에서 커브를 돌아 골목으로 사라졌다. 그러나 곧 반대편 골목 끝에서 다시 나타났고 속도의 변화 없이 그대로 계속 걸어 간판이 기울어진 낡은 인쇄소를 지나 마침내 역에 도착했으나 목적지가 아니었다는 듯 무심하게 역마저 지나쳤다. 역 앞에 선 눈이 충혈된 비둘기 한 마리가 바닥에 붙은 더러운 껌을 쪼고 있었다. 그러나 그 부리 짓은 무기력해서 정말로 비둘기가 누군가의 신발 밑창 자국이 찍혀 있는 그 껌에 관심이 있다고는 생각되지 않았다. 비둘기를 바라보며 거기서 은기가 승희를 기다리고 있었다. 약속대로 뭐든 하기 위해서였다.

폐
허

　히라 없이 이런 공공장소에 혼자 있는 것은 아주 낯선 경험이었
다. 은기는 발바닥에 힘을 주면서 박힌 못처럼 빳빳이 서 있었다.
역 주변을 사람들이 오고 가고 있었다. 제발 누구도 길을 묻지 말아
주기를, 영혼에 수심이 보인다며 접근하지 말아 주기를, 어디선가
발정기의 개가 달려와 다리에 매달려 허리를 흔들지 말아 주기를,
바람에 밀려 길바닥의 전단지가 자꾸 이쪽으로 굴러 오지 말아 주
기를. 온갖 것들을 경계하며 은기는 무생물처럼 미동도 없이 승희
를 기다렸다.

　전단지가 슬금슬금 은기의 일 미터 앞까지 왔을 때 승희가 나타
났다. 태연한 표정으로 손목의 시계를 보더니 "늦지 않았는데." 하
고 중얼거렸다. 은기가 백 시간쯤 기다린 사람 같은 얼굴로 겨우 서
있었기 때문이다.

"히라는 널 만난다고 나갔어."

은기가 겨우 마른입을 뗐다.

"히라는 네가 집에 있는 줄 알 거야."

승희가 대꾸하며 은기를 지나쳐 앞서 걷기 시작했다. 뭘 시키려는 걸까, 그게 뭐든 해낼 수 있을까, 은기는 온갖 상념에 휩싸여 그를 따라갔다. 정해둔 목적지가 있는 것처럼 승희의 걸음에는 망설임이 없었다. 성큼성큼 걷는 그를 놓치지 않고 쫓으려니 은기는 약간 숨이 찼다. 뒤에서 보니 걸을 때 거의 반동이 없는 등이었다. 불필요한 흔들림이 없었다. 아마 그가 외줄 위에서 걷더라도 지금과 전혀 다르지 않을 거라고 은기는 생각했다. 그가 들어선 건물은 주얼리 숍이었다.

"히라 생일이잖아."

조명이 환하게 비춰진 진열장에 기대며 승희가 말했다.

"뭐 무서운 거라도 시킬 줄 알았어?"

그렇다고 고개를 끄덕이자 승희는 웃었다. 그가 웃는 건 낯설었고 그래서 은기는 기분이 이상했다. 마치 맹수가 따뜻한 혀로 손을 핥은 것 같은 묘한 느낌이었다.

"왜 결혼 안 한다고 한 거야?"

"……뭐?"

땀이 난 손바닥을 보고 있다가 퍼뜩 고개를 들었다. 결혼하자는 승지의 말을 들었다면 혹시 승지의 노래도 들었을까, 승지의 노래를 들으면서 승희는 무슨 생각을 했을까.

"그거…… 승지가 장난친 거잖아."

"너흰 안 다투고 잘 살 거야."

승희가 말했다. 은기는 둘러대려고 나오는 대로 아무 말이나 해 보았다.

"VHEMT라서 거절했어."

"그게 뭔데?"

"자발적 인류 멸종 운동 단체."

설명을 요구하는 눈으로 승희기 처다보았다.

"인류가 없는 편이 지구에 더 좋다고 생각해서 자손을 남기지 않고 혼자 살다 죽자는 거."

"흐음, 소극적인 운동이네."

안 믿는 것 같으면서도 승희는 성실하게 대꾸했다.

승희가 미리 주문해 둔 반지가 포장되기 전 확인차 건네졌다. 은기도 들여다봤다. 승희가 고른 것은 지극히 평범한 은반지였다. 승희는 히라의 손가락 치수도 아는 모양이었다. 어쩌면 히라의 발목 치수, 목둘레의 치수, 걸음의 폭, 널뛰는 감정의 간극, 눈물의 일회분 양까지도 승희는 전부 알고 있을지 모른다. 한편으론 그래서 의아했다. 장식에 민감한 히라였다. 적어도 은기가 알기로 히라는 반지나 목걸이 같은 걸 걸치는 걸 혐오했다. 그걸 승희가 모를 리 없다. 히라라면 명품 보석보다도 세련되게 가공된 우울을 걸치는 것을 더 선호할 것이었다.

반지는 상자에 들어가고 포장되고 그 위로 또 포장된 다음 리본으로 묶이고 종이 가방에 담기고 나서야 전해졌다. 업무는 그게 다였다. 들어간 지 몇 분도 안 돼서 그곳을 나왔다. 다시 어딘가로 걸어가는 승희를 은기는 따라갔다. 집으로 가는 건지 아니면 다른 목적지가 있는지 알 수 없었다.

한참을 걸은 것 같았다. 주변 풍경이 갈수록 점점 한산해지긴 했다. 은기가 정신을 차렸을 땐 인적도 불빛도 없는 곳에 와 있었다. 주위는 늘어선 폐점들과 기계 소리 하나 들리지 않는 공장 한 채뿐이었다. 어느새 사방은 컴컴했다. 세상의 구석까지 와버린 것 같았다. 승희의 발뒤꿈치만 보며 따라 걷던 은기는 그가 멈추자 따라서 멈췄다.

"이게 필요할 거야."

그렇게 말하며 승희가 가방에서 손전등을 꺼내자 은기는 이번엔 정말 걱정되기 시작했다. 손전등으로 승희가 비춘 곳을 향해 시선을 옮겼다. 거기가 어딘지 알아보고 우습게도 은기는 약간의 배신감을 느꼈다.

"가끔 여기 와."

무슨 소릴 하는 걸까, 승희는 넷 중에서 꼽으라면 가장 이곳에 관심 없을 인물이었다. 천장은 아예 없었다. 벽들은 반쯤 허물어졌고 딱히 입구라고 할 곳도 없었다. 은기는 침을 삼키고 승희를 따라 들어갔다. 바닥은 시커멓고 철골을 드러낸 벽들은 그을음에 덮여 있었다. 발밑으로 유리 파편이 밟혀 소리를 냈다. 그곳은 은기의 엄마가 불타 죽은 집터였다.

승희가 손전등으로 바닥을 비추며 말했다.

"널 반응하게 할 수 있는 게 뭘까 생각해 봤어. 그게 여기라고 생각했고."

은기는 신발 밑바닥이 재투성이가 되겠다는 생각을 하고 있었다.

"그 애들 말이야."

그 애들이라니, 승지와 치라밖에 없다.

"너한테는 무슨 얘기든 다 하지. 알아. 네가 고해소라도 되는 줄 아는지 너한텐 못 하는 소리가 없잖아."

어두워서 보이진 않았지만 은기는 그가 금속 같은 표정으로 말하고 있을 거라고 생각했다.

"아무 소리 않고 들어 주는 데 의미가 있는 거지. 그런 용도로 계속 곁에 두는 거고. 그러다 만약 네가 속내를 조금이라도 털어놓고 싶어 하는 낌새를 보이면 당장 뒤로 물러서서 쳐다보겠지. 감상적으로 굴지 말라는 듯이 팔짱을 끼고. 그런 거야. 넌 그냥 귀야. 그 애들이 나눠 쓰는 구멍이라고."

은기는 그가 더 심한 말도 할 수 있다는 걸 알고 있었다. 그는 정중하게 표현하려고 최대한 애쓴 것이다. 구토용 검은 비닐 봉투라고까지 할 수 있었을 테지만 자제한 것이리라.

"그 애들은 네가 편한데 난 네가 불편해. 네가 무반응 할수록 내 기분은 별로야. 왜냐면…… 네가 뭐처럼 느껴지냐면 마치……."

승희는 정확한 비유를 찾으려고 고민했다.

"그래. 폐허 같아."

순간 빛이 훅 사라졌다. 손전등이 갑자기 꺼졌다. 그가 끈 건 아니었다. 손전등을 몇 번 흔들어 보는 모양새로 보아 아무래도 건전지가 다한 것 같았다. 둘은 순식간에 어둠에 묻혔다. 상관없다는 듯 승희가 말을 이었다.

"……폐허를 보면 들여다보고 싶어져. 그 안에 아무것도 없다는 걸 확인하려고. 그래야 안심이 되니까. 폐허는 텅 비어 있어야 해. 그런데 만약 폐허 안에 뭔가 있다는 걸 알아 버리면 마음이 불편해지는 거야."

승희가 작게 한숨 쉬는 게 들렸다.

"히라를 왜 다 받아 줘?"

은기는 대답할 수 없었다. '그게 난 아무렇지도 않아서.'라고 말한다 해도 이해받지 못할 거였다.

"대신 대답해 줄까? 넌 히라를 네 자해 도구로 사용하는 것 같아."

없는 천장에서 이마 위로 얼음물이 뚝 떨어진 것 같았다. 은기의 몸에 한기가 일었다. 만약 그렇다면 히라는 가장 예쁜 면도날일 것이었다.

"나 지금 여기 혼자 있니?"

아무 말도 없는 은기를 향해 승희가 이번엔 부드럽게 보챘다.

"……."

은기는 조금씩 긴장이 사라지는 걸 느꼈다. 어둠이어서였다. 어둠에 잠기자 온통 검은 옷을 입은 검은 거인의 품에 와락 안긴 느낌이었다. 그 차가운 품에 차분해졌다. 은기는 말하기 시작했다.

"……그 특성이 곧 히라야. 히라에게 다른 사람이 되라고 요구하고 싶지 않아. 히라가 그런 요구를 받아야 할 이유도 없고. 그대로 두고, 난 그냥 바라보는 것뿐이야. 히라에게 변하라고 힐 권리는 없어. 싫으면 내가 떠나야지……. 곧 그럴 거고."

그는 조금 놀란 것 같았다. 그리고 한참 생각하는 것 같더니 겨우 이렇게 말했다.

"그렇게 열렬한 사랑 고백은 처음 들어 본다."

비꼬는 건 아니었다. 어려운 것처럼 승희가 끙 하고 앓는 소리를 냈다.

"그렇다 해도 말이야……. 아무것도 요구하지 않고 그저 바라본다고 했지만 네 응시도 어떤 영향을 줬을지 모른다고 생각해 본 적 없어?"

"응시만으로?"

은기는 서서히 숨이 막혀 오는 것을 느꼈다. '응시만으로?' 머릿속에서 되뇌었다. 눈앞으로 느리게 솟아오르는 거대한 해일을 보고 있는 기분이었다. 몸이 굳어 도망칠 수도 없고 도망간다고 해도 이미 늦은.

플라스틱 덩어리가 돌바닥에 탁 떨어지는 소리가 들렸다. 승희가 손전등을 버린 것이다.

"그만 가자. 네가 여길 편안해하는 게 별로다."

승희가 힘을 빼고 가볍게 말했다.

"응."

대답은 했지만 은기는 발을 떼지 못하고 서 있었다. 승희가 돌아서는 기척이 느껴졌다.

"그 애 좀 봐 줘. 성가시게 하겠지만 좀 봐 줘."

등 돌린 채 말하는 그의 목소리가 도움을 구하는 것처럼 느껴져서 은기는 약간 당황했다.

"그럴게. 히라 너무 걱정하지 마."

은기가 안심시켜주려고 대답했다.

"승지 말이야."

"응?"

생각지 못한 이름에 멍해진 은기를 두고 그는 바삭바삭 밖으로 걸어 나갔다. 잘못 들은 건 아니었다. 잠시 후, 어둠에서 나가는 것에 아쉬움을 느끼며 검은 포옹을 풀고 은기도 폐허 밖으로 향했다.

　오후의 햇빛이 건물에 배여 검은 그림자로 거리에 길게 쓰러졌
다. 창밖은 흑백의 세계처럼 보였다. 메마르고 거칠고 또 몹시 낯익
은 느낌이었다. 오래전에 살아본 세계 같았고 그래서 황급히 시선
을 돌렸다.

　"너, 앞머리에 벌레 붙었어."

　이영의 목소리가 모래 한 줌처럼 던져졌다. 강물은 당황하여 서
둘러 손으로 앞머리를 헤친다. 녹색의 조그만 날벌레가 천장의 그
늘 속으로 날아갔다. 이마가 뜨거워졌다. 머릿속에서 어서 무슨 말
이든지 하라는 재촉이 꽝꽝 울렸다. 그동안 왜 못 만났는지 모르겠
다고 말하면서 웃는 표정을 짓자고 다급히 결정한다.

　"그동안 우리가 왜 못 만났는지 모르겠어."

　"못 만난 게 아니라 안 만난 거니까."

반쯤 웃으려던 입을 다시 다물고 건너편에 앉은 이영을 흘긋거렸다. 그녀는 하얗게 칠한 야윈 얼굴에 입술만 빨갛게 바르고 있었다. 어릴 때처럼 입술은 여전히 얇았고 그래서 누가 할퀸 자국 같았다. 어떻게든 절박하게 멈춰 놓은 듯 피부에는 아직 크게 주름도 없었지만 다만 눈동자가 늙어 있었다. 유난히 단호하고 반질거려서 마치 검은 자갈 같다고 생각했던 두 눈동자가 지금은 오래 보관된 건포도처럼 보였다. 문득 예전에는 이렇게 이영의 눈을 제대로 보지도 못했다는 사실이 떠오르자 기분이 이상해졌다. 이 기분을 들켜선 안 될 것 같았다.

"몇 년 만이니? 꿈 같아. 우리도 이제 마흔이지?"

"시간 가는 거나 세고 있었나 보네."

"……저기, 그냥 난, 지금이 참 이상해. 너나 내가 이렇게 나이 먹을 수도 있다니. 넌 우리가 이렇게 나이 먹도록 살아 있을 줄 알았니?"

묻는 게 아니었다. 이영은 대답 대신 입으로만 웃었다.

"아니, 쉽게 죽을 줄 알았지. 아무 일 없이도 돌연사라도 할 거라고. 스무 살 이후를 사는 건 어마어마하게 치욕스러운 일인 줄 알았지. 그랬는데 결혼도 하고 애도 낳고. 지랄 맞네."

그랬다. 아주 작은 마음의 상처만으로도 죽을 수 있을 줄 알았다. 오래 사는 건 할 짓이 못된다고 생각했다. 이영은 귀 옆으로 흘러내린 머리카락을 손가락으로 말며 잡아당기기 시작했다. 강물은 그 모습을 보자 감상적이 되었다. 이영은 어릴 때도 저랬다. 강물은 이영이 저 버릇을 아직 못 고쳤다는 걸 알게 되자 거의 20년 만인데도 모든 게 그대로라는 환상에 빠졌다. 그녀에 대해 전부 알고 있는 기분이 든다.

이영은 쌍둥이를 낳아 두고 외국으로 떠났다. 대학에서 만난 아무하고나 아이를 만든 것은 자신에게 내린 벌이었다. 자신을 형편없게 만들고 싶었고 형편없어지면 더 나은 자신에 대한 기대를 깨끗이 버릴 수 있을 것 같았다. 더 좋은 방법이 있었을지도 모르겠다. 하지만 그땐 그러는 수밖에 없어 보였다. 눈앞에 보이는 날들은 너무 짧았고 그 짧은 삶 안에서 최대한 자신을 벌줘야 했다. 그런데 스무 살 이후로도 살아지더니 삶에는 살이 붙기 시작했다. 이렇게 많은 날들이 남아 있을 줄은 생각도 못했다. 어떻게 살겠다고 다시 결심하기도 전에 늙어버렸다.

심리 상담 센터를 운영하던 그녀의 남편은 비둘기색 눈에 친절하고 좋은 남자였다. 이영이 정원에 손을 댔다가 꽃들을 전부 말라 죽게 해도 미소를 지으며 용서해 주었다. 그러곤 꽃들을 곧바로 다시 살려 냈다. 그러면 그녀는 실망하곤 했다. 꽃들이 보기 싫어 일부러 죽인 거였다. 어느 맑고 시원한 이른 아침이었다. 밤새고 돌아온 남편은 잠들어 있는 그녀가 깨지 않도록 살며시 이마에 키스를 하고 간단히 씻은 후 옆자리에 누워 잠들었다. 같은 시간 야근을 마치고 돌아온 옆집 회계사도 키우는 개에게 사료와 물을 챙겨 주고 자신의 침대에 누워 안대를 한 뒤 잠들었다. 그리고 두 사람 다 깨어나지 않았다. 검시 결과 두 사람 모두 독극물로 인한 사망이었다.

전날 밤 두 사람은 호텔에서 근사한 저녁을 한 뒤 잠자리를 가졌다. 수많은 밤을 함께 보냈지만 유독 더 따뜻하고 감동적인 밤이었다. 눈을 떴을 땐 자신이 상대에게 이토록 다정한 사람이라는 사실에 충만감을 느꼈다. 돌아오는 두 사람은 기분이 좋았다. 약간은 피곤했지만 그 탓에 오히려 새벽의 공기가 더 청아하게 느껴졌다. 상기된 서로의 뺨을 보았다. 절로 미소가 지어졌다. 자신들이 사랑스러웠다.

다른 날과는 다른 것 같았다. 잊었던 무언가가 가슴이 부족할 만큼 부풀어 올랐다. 다 잘될 거라는 확신이 들었다. 우울하지도 무기력하지도 않았다. 그래서 그들은 서로의 귓가에 지금 행복하다고 속삭여 보았다. 자신들이 세상을 등진 채 사랑에 열중하는 천진난만한 아이들처럼 느껴졌고 수분을 머금고 흘러오는 공기에서는 단내가 났다. 단내가 나는 곳을 보니 두 사람의 집 건너편에 있는 어느 늙은 교포의 집 앞이었다. 혼자 사는 늘 낯빛이 어두운 노인네의 집이었다. 노인이 키운 과수에서 나는 단내였다. 펼친 손수건만큼이나 커다란 잎사귀에 숨어서 열려 있는 것은 무화과였다. 얼마나 잘 익었는지 무화과는 거의 터지기 직전으로 벌어져 붉은 속이 다 보였다. 윤기 흐르는 껍질에 맺힌 이슬은 옹글옹글 떨어지지도 않고 막 떠오르는 햇빛을 받아 반짝반짝 빛났다.

너무나 맛있어 보여 두 사람은 동시에 침이 고였다. 참을 수 없어진 두 사람은 딱 하나씩만 먹자고 눈빛을 나눴다. 지나가는 사람들을 이유 없이 쏘아보고 가득 열린 과일 한두 개 몰래 따 먹고 도망가는 동네 사내애들에게 신고하겠다고 소리 지르고 자기 정원에 들어온 고양이에겐 갈퀴를 휘두르는 그런 못된 노인네의 무화과니까 괜찮다고.

남자가 무화과 두 개를 뚝 따서 하나를 건넸다. 두 사람은 그 자리에서 맛있게 먹었다. 입속의 무화과는 혀와 과육을 구분할 수 없을 정도로 말캉말캉하고 달았다. 무화과를 다 먹고 두 사람은 집 앞에서 잘 자라는 인사를 하고 각자의 집으로 들어갔다. 무화과가 끔찍하게 달았던 탓에 두 사람은 '농약을 뿌렸으니 따 먹지 말라'는 노인의 경고문을 보지 못했다. 봤더라도 한글로 써 있었으니 소용은 없었을 것이다.

이영도 한때는 제대로 살아 보려고 했었다. 자신을 벌주며 사는 것에 지쳐 버린 탓이었다. 부모를 떠나고 자식을 버린 다음 자신을 다른 사람으로 위장시켜 줄 수 있겠다고 생각되는 상대와 결혼했다. 하지만 어딘가에 불씨가 숨어 있다는 느낌에 항상 시달렸다. 그 어딘가에서 슬금슬금 연기가 피어올랐다. 연기는 점점 시커멓고 강력해져 갔다. 활활 피어올랐다. 욕조 속에 잠겨도 보고 숨을 참고 안 쉬어 보기도 했지만 불씨는 꺼지지 않았다. 계속 어딘가에서 탄

내가 났다. 옆집에서 뭔가 태우는 건가 싶었지만 옆집 우아한 회계사는 안쓰럽다는 미소를 지으며 아니라고 했다. 남편은 네 뇌에서 나는 냄새라고 했다. 탄내를 무시하면서 꾸역꾸역 하루하루를 살았다. 남편의 꽃들을 말려 죽이고 싶다는 욕구가 간간히 솟아오르긴 했지만 몇 번의 시도 후에는 가라앉았다.

나아질 기미는 없었지만 정신과 상담에도 착실히 다녔다. 대기실에 앉아 기운 없고 어두운 사람들의 얼굴을 보고 있으면 기분이 한결 나아졌다. 탁자 위의 조화에 걸쳐진 더러운 거미줄을 보고 있다 보면 상담은 곧 끝났다. 돌아오는 길에는 꽃에 붙여 줄 이름도 생각했다. 해만 좋아도 꽃들은 화르륵 피어 버리니 없앨 재간이 없다고 스스로를 달래면서.

행복하다고 느껴야 한다고 의지를 다잡았다. 그렇게 느끼지 못한다면 그른 거라고. 집 안에만 있지 말자고. 해를 받자고. 하루 권장 일조량을 채우자고. 어디에서 나는지 정체를 알 수 없는 이 매캐한 탄내를 해에 널어 없애자고. 그러나 남편이 무화과를 먹고 죽고 나자 그녀는 새삼 중얼거렸다. 역시 이렇지. 자신과 전투를 치룰 필요도 없었어. 변하는 건 없어. 해를 너무 많이 쬐면 머리만 좀 이상해질 뿐이야. 그러니 자궁 같은 밀실에 숨어 있다가 밖으로 쫓겨나올 땐 죽어라 우는 거지.

잠시의 침묵도 도저히 견디지 못하고 강물은 계속 머리를 굴렸다. 맞아. 애들에 대해 말하자. 강물은 공통의 소재가 있다는 걸 깨닫고 흥분했다.

"네 애들 둘 다 잘 컸어. 남자애들 치고 얌전해. 말이 없긴 하지만 남자애들은 다 말을 안 하잖니? 그렇지? 그런데 정말 말을 전혀 안 해. 요즘 애들은 왜들 말을 안 할까? 그 애들은 서로 어떻게 소통하는 걸까? 혹시 어른들 귀에는 들리지 않는 음역대로 대화하는 걸까? 돌고래처럼. 내 귀가 못 듣는 거라면 어떡하지? 사실 계속 말하고 있는데 우리만 못 듣는 거면……. 그래도 어릴 땐 나한테 이런 말도 했었어. 폐허가 좋다고. 한 애가 폐허를 좋아해. 폐허 조사원이 될 생각이래. 그게 뭐냐고 물었더니 전 세계의 폐허를 찾아가서 그 안을 보는 거래. 그냥 그 안을 들여다본다는데 그게 뭔지 난 잘 모르겠어. 그래도 그 앤 뭐든지 금방 터득하니까 다 잘할 거야. 다른 한 애는 파헤치는 걸 좋아해. 뭐든 알고 싶어 해. 모른 채 끝나긴 싫다더라. 무섭대. 이서에 대해 물어본 적도 있어. 자기 삼촌은 대체 왜 불을 질렀냐고. 왜 유괴 같은 걸 한 거냐고. 왜 미쳤냐고. 모르는 척했지만 안 믿는 거 같았어. 화장대 위에 둔 돈을 가져간 적도 있지만 그건 괜찮아. 많지 않아. 나쁜 데 안 쓰면 됐지. 저금하는 것 같더라. 어린데 벌써 돈을 모아. 난 그 나이 때 생리대 살 돈만 있으면 됐는데 요즘 애들은 뭘 갖고 싶어서 저금까지 하는 걸까?"

이영은 잘 컸다는 게 어떤 거냐고, 엄마 없이 큰 것치곤 잘 컸냐는 뜻이냐고 이죽거리고 싶었다. 하지만 곧바로, 그런 흔한 상용구에조차 이죽거리고 싶다고 생각하는 자신의 습관에 환멸을 느꼈다. 애초에 이영은 강물의 말을 믿지도 않았다. 강물이 하는 말은 다 거짓말일 게 뻔했다. 두 아들을 만나면 어떤 기분일지 그녀는 알고 있었다. 그녀는 질투할 것이다. 외부로 드러난 것은 아직 극히 일부일 뿐일. 잠재한 총기와 분수처럼 쏟아 내는 눈부시고 차가운 생기에 극심한 질투를 느낄 것이었다. 그 순진과 버릇없음과 서투름조차도 시기할 것이었다. 젊은 그들에 비하면 자신은 이제 시간의 분절도 정확히 인식할 수 없다. 사고와 사건은 나태해진 뇌 속에서 뒤섞여 버리고 의지된 행동과 지시된 행동을 구분조차 못 한다. 정신에는 휘발성이 있다. 자아란 건 이미 공기 중에 흩어져 버렸다. 자괴감에 이영은 치를 떨었다.

"그리고 둘 다 내 딸을 좋아해. 남자애가 여자애를 좋아하게 되면 너무 간단하게 들통나는 것 같아. 그러고 싶지 않은데 자기도 모르게 조련사의 손을 빠는 새끼 맹수들처럼. 하지만 내 남편이 내 딸을 더 좋아해. 예쁘거든. 처음 그 앨 받았을 때 내가 얼마나 기뻤는지 모를 거야. 사람들은 그때 내가 비명을 지르더래. 품에서 안 놓으려고 해서 억지로 뺏어야 했을 정도라고. 내 딸은 자기가 얼마나 예쁜지 다 아는 것 같아. 누구한테라도 사랑받겠지. 애걸할 필요가 없을 거야."

강물은 뭐에 취한 사람처럼 계속 중얼거렸다.

"조금 무섭기도 해. 내 딸이 바라지 않는 것까지 받게 될까 봐. 주위에 남자들이 얼마나 많니. 그래서 전엔 이런 생각도 했어. 그 애의 몸을 망치면 적어도 그 애의 영혼은 보호할 수 있지 않을까 하고……. 이상한 생각이지? 나도 모르겠어. 왜 그런 생각을 했는지. 몸 때문에 일어나는 게 아닌데 그런 일들은……."

카페 주인이 주문 받은 커피 위에 거품을 올리고 있었다. 막 생성된 우유 거품의 비리고 허망한 냄새가 났다. 이영은 강물이 여전히 중학생 여자아이 같은 말투인 것에 슬슬 기분이 나빠지고 있었다. 강물은 구멍 난 자루에서 밭알이 쏟아지듯이 말이 많았고 이영은 그만 닥치게 하고 싶었다.

"재이, 그 애 말이야."

하지만 마침내 강물의 입으로부터 누군가의 이름이 꺼내지자 그럴 수 없다는 걸 알았다. 그 이름은 공기 중에서도 산화되지 않았다.

"재이는 왜 방에서 안 나오고 죽었을까?"

"그 앤 미쳤었잖아."

이영은 즉시 그렇게 대꾸하고 공중에 흔들리는 실 한 올처럼 비실비실 웃었다.

"아직도 우리가 그 애라고 부르는 거 아니? 그 애만 늙지 않고 지금도 그 방 안에서 문을 잠그고 살고 있는 것 같아."

"아직도 그렇게 살고 있다면 끔찍하겠지. 참 다행이야. 살았으면 그 애도 결국에 너나 나처럼 됐을 테니까."

"너나 나?"

"그저 습관처럼 사는 보통 사람들 말이야."

'보통 사람들'이라고 말하고 이영은 자기 입술을 깨물었다. 바로 그 보통 사람이 되기를 얼마나 갈망했는가. 아무 의미 없이도 그저 습관으로라도 살아지기를 얼마나 꿈꿨는가. 열렬히 바라던 모든 것들이 지금에 와서는 다 부질없었다.

"이서는…… 만났어?"

강물이 주저하며 물었다.

"걔 병원에 있잖아."

"나왔어."

"뭐? 미친…… 하긴 그런 미친놈들 풀어 주는 미친놈들이 있어서 사회가 이렇게 미친 거지."

이영이 신경질적으로 내뱉었다.

"……이서는 왜 그런 짓을 했을까?"

"뻔하지. 재이한테 옮은 거야."

이영이 비죽거렸다. 광기에는 전염성이 있다.

"너라면 재이를 꺼낼 수 있을 줄 알았어."

강물이 말했다. 책망하려는 의도는 아니었으나 충분히 그렇게 들렸다.

"아, 그래? 네가 해 보지 그랬어? 재이한테 껌처럼 붙어 있었던 건 너잖아? 아무것도 모르던 게! 발치에서 엉기기나 했지 아는 게 하나라도 있었어? 넌 재이에 대해서 아무것도 몰라."

입술이 벌어진 채 안색이 푸르스름해지는 강물을 보면서 이영은 오랜만에 쾌감을 느끼는 자신을 발견했고 이번엔 나무라지 않았다. 맘껏 즐기도록 자신을 내버려 두었다. 목소리를 크게 내고 나니 입천장이 딱딱해져 왔다. 하지만 멈춰지지 않았다.

"넌 아무것도 아니었어. 재이랑 나 사이에 막무가내로 끼어들어서 무슨 단짝인 양. 아무리 털어도 끈질기게 안 털렸지. 우린 널 친구라고 생각하지도 않았어. 네가 재이에 대해서 안다고 생각하는 것들 다 네 오해일 뿐이라고."

헐거워진 것처럼 고개를 떨어뜨린 강물이었다. 그러나 곧 아코디언이 서서히 펼쳐지듯이 환하게 얼굴을 들었다.

"맞아, 그래서야. 내가 자길 오해하기 때문에 좋다고 했었어."

이영은 곧장 반박하려고 입을 열었다가 그대로 굳어 버렸다. 오해하기 때문에? 이영의 일시적 마비에 약간 자신감이 생겼는지 강물이 상체를 내밀었다.

"그래서 말인데, 이것도 어쩌면 내 오해일지 모르지만 요새 이런 생각이 자꾸 든다? 그 애가 미쳤던 게 아닌 것 같아. 최근에야 그런 생각이 들었어. 무섭고 긴 소설을 읽다가 문득 겁이 나서 한참을 다음 장으로 넘기지 못하고 있을 때 열어 둔 창문으로 바람이 불어서 책장이 넘어가 버린 거야. 그러다 우연히 펼쳐진 페이지에 깜짝 놀랄 진실이 쓰여 있는 걸 읽어버린 것처럼. 갑자기 알게 된 것 같아. 그 애는 미친 게 아니라 미친 척하고 있었던 거 아닐까? 안 그러니? 미친 척 말이야."

"뭐 하러?"

그러나 이영은 그렇게 묻는 동시에 자신이 이미 그 이유를 알고 있다는 느낌에 휩싸였다. 마치 한 발 내딛는 순간 푹 함몰되어 버릴 지점을 필사적으로 피해서 걸어온 것 같은 느낌이었다.

"우릴 떼어내려고 말이야. 죽는 데 우리가 방해가 되니까."

이영은 허공을 눈으로 더듬었다. 겨우 담배를 꺼냈다. 이영의 라이터가 몇 번의 시도 끝에 가까스로 담배에 불을 붙였다. 그 소리가 강물의 기억을 환기시켰다.

'찰칵.'

전교에서 그 애를 모르는 사람은 없었다. 그 애는 공식적으로 이상한 애라고 불렸다.

"그 애 있잖아. 4반에 좀 이상한 애."

아이들은 그렇게 불렀다. 이름으로 부르면 왠지 그 애와 그만큼 가까워져야만 할 것 같아서 아무도 재이라고 부르지 않았다. 사람과 눈을 똑바로 맞추지 않는 재이의 초점 없는 시선은 그녀의 불투명한 정신을 반영하는 것 같았다. 재이는 조용하고 느리게 학교를 다녔다. 어느 무리에도 섞이지 않았다. 늘 다른 곳을 보고 있었다. 재이 가까이 가면 산소가 부족해지는 느낌이 들었다. 분명 피해를 주는 행동은 하지 않는데 어딘지 분위기가 힘들었다. 누가 봐도 '아, 좀 위험할 것 같아. 피하는 게 좋겠어' 하고 본능적으로 머릿속에 경고음이 뜨는 거였다. 그러므로 놀리거나 괴롭히는 아이는 한 명도 없었다. 아이들은 잠깐 곁에 있다가도 얼어붙을 정도의 무반응에 저절로 떠났다. 모두 피했다. 너무 조용하게 이상해서 오히려 두려움을 느꼈던 것 같다. 아이들만 조심했던 것은 아니다. 간섭하려는 선생님이 없었다. 아이들은 수군거렸다. 수업 시간에 그 애는 곧잘 학교 뒤뜰 벤치에 혼자 앉아 있곤 했는데 선생님들은 알면서도 아무것도 하지 않는다는 것이다. 사실 아무것도 하지 않는 것은 아니었고, 무언가를 하긴 했다.

강물은 그걸 목격한 적이 있다. 강물은 그날 뒤뜰 쪽을 향해 있는 과학실 복도에 꿇어앉아 벌을 서고 있었다. 과학 교과서가 소녀를 그린 그림으로 가득한 것을 선생님이 본 것이다. 강물은 동생이 한 짓이라고 둘러댔지만 소용없었다. 믿는 사람은 없었다. 강물은 소문난 거짓말쟁이였다. 별 쓸데없는 것까지 거짓말을 하곤 했다. 습관적으로 거짓말을 했고 그럼에도 거짓말에 미숙했다. 지하와 연결된 과학실은 다른 층보다 추웠다. 근육이 수축될 정도로 시늘했고 때문에 얼음 같은 졸음이 몰려왔다.

'찰칵.'

그 소리에 눈을 떴다. 뒤뜰에서 나는 소리였다. 살그머니 창틀 위에 손을 짚고 내다보았다. 그늘진 벤치에 앉아 있는 재이가 보였다. 소리는 라이터를 켜는 소리였다. 라이터 불로 재이는 뭔가를 태우고 있었다. 뭔지 자세히 보려고 했지만 알 수 없었다. 멀리서 그것은 은박지처럼 보였다. 은색 종이 같은 것이 손에서 까맣게 변해 재가 되어 재이의 새하얀 실내화 위로 후두두 떨어졌다. 재이는 더럽혀진 자기 발등을 물끄러미 내려다보았는데 흠칫할 정도로 표정이 비어 있었다.

"불장난은 안 된다."

나직한 목소리였다. 소리도 없이 다가온 선생님 한 명이 재이 앞에 섰다. 뒷모습만으론 어느 과목인지 알 수 없었다. 그가 뒷짐을 지고 있었기 때문에 강물은 선생님의 손을 볼 수 있었다. 손가락 끝에 어째서인지 흙이 묻어 있었다. 화단 손질이라도 했는지, 죽은 새라도 묻고 온 건지 알 수 없었다. 선생님은 다음 말이 없었다. 강물은 선생님이 재이의 뺨을 때리기라도 할까 봐 조마조마했다. 무슨 일이라도 벌어지지 않으면 안 될 것처럼 사방이 고요했던 것이다.

재이는 고개를 숙인 채 꼼짝도 않고 있었다. 귀 뒤로 넘겨진 머리칼이 순간 뺨으로 흘러내렸다. 선생님이 한쪽 발을 약간 들었고 재이의 실내화 앞코 부분을 지그시 밟았다. 마치 유리로 만든 계단에 발을 올려놓는 것처럼 살며시. 또는 정답을 알고 있는 게임 참가자가 여유롭게 부저를 누르는 것처럼. 그것이 둘 사이의 신호였던 것 같다. 재이는 아무런 표정의 변화 없이 양손으로 치마 밑단을 잡고 위로 올렸다. 재이는 수년 동안 무대의 막을 올리는 일을 해 온, 그래서 그 일이 지겨워진 무미건조한 장인처럼 보였다. 막이 올랐고 재이는 팬티를 입고 있지 않았다. 선생님은 아무 말도 하지 않았다. 손을 뻗지도 않았다. 그저 가만히 서서 재이의 치마 속을 오래도록 바라보고 있었다.

"그땐 아무도 이상한 걸 몰랐는데, 지금은 이상한 걸 몰랐다는 게 더 이상해. 학교라 게 참 이상해. 그 안에서 뭐가 잘못 돌아가노 그냥 흘러가. 집단으로 마취되기라도 한 것처럼. 이상한 연기를 마시고 있었던 것 같아. 사실은 너도 나도 알고 있었잖아. 어쩌면 전교생이 알고 있었는지도 몰라. 재이가 구멍에 빠져 있다는 거."

이영은 탁자의 유리에 비친 자신의 얼굴을 보고 있었다. 좁은 우물 속을 들여다보는 것 같았다.

언젠가 한 번, 이영은 깊은 구멍 속의 재이를 구해 보려고 시도했던 적이 있었다. 이영은 담임 선생님에게 도움을 구하려 했다.

"집에 돌아가면 엄마가 술상을 차리고 앉아 있대요. 재이 아빠는 주정뱅인데 십 년 넘게 죽일 듯이 괴롭히다가 집을 나갔어요. 그 뒤로 언제부턴가 엄마가 그렇게 한다는 거예요. 재이에게 술을 마셔 보라고, 마셔 보라고 자꾸 그래요. 왜 그런지는 몰라요. 머리가 어떻게 됐나 봐요. 재이는 엄마가 가여운 데다 뭐든 다 허락하는 애라 그냥 순순히 마셔요. 그럼 엄마는 엄청 흐뭇한 얼굴로 신나 하면서 '역시 피는 못 속이지. 네 애비랑 똑같아. 술 센 거 보니 너도 딱 네 아빠 꼴 나게 생겼다. 뻔하다, 뻔해.'라면서 경멸해요. 그러면서 또 신나서 술을 따라 줘요. 집에 가서 냉장고를 열어 봤는데 소주병밖에 없었어요. 안주도 없이 술만 준다니까요. 재이가 들고 다니는 물병 있죠? 그거 사실은 술이에요. 이젠 안 마시는 게 힘들대요. 국어 선생님이랑 사회 선생님도 술인 거 알면서 모른 척해 주는 거예요. 왜냐면 그 대신 재이한테…… 제발 선생님이 좀 도와주세요."

선생님은 중간에 말을 자르지 않았다. 끝까지 들어 주었다. 그리고 가벼운 미소를 지었다. 목소리가 몹시 다정했다.

"그럴 리가 있니. 너 참 거짓말도 잘하는구나."

선생님은 너 그렇게 안 봤는데, 라고 덧붙이고 하던 채점을 계속했다.

교무실 문을 닫고 나오면서 이영은 안도했다. 이로써 한 번 노력은 해 본 것이다. 적어도 해 보긴 한 거다. 어차피 재이를 구할 수 없는 거였다고 자신을 설득하긴 쉬웠다. 마음에 평온이 찾아왔다. 그렇게 안심이 될 수가 없었다. 혼자 너를 차지하고 있다는 감각, 너의 지옥을 나만이 알고 있다는 감각, 네 고통의 독점, 소녀는 그런 기형적인 감각에 미소 짓는 자신에게 소스라치게 놀란다. 불만족스럽고 미지근한 한 소녀의 삶에 그것은 은밀하고 무서운 기쁨이다. 마치 깊은 2인용 관 속에 재이와 단둘이 껴안고 누워 있는 것만

110

같은 새까만 황홀. 그래서였을 것이다. 재이가 방문을 걸어 잠그고 나오지 않다가 불에 타 죽었을 때 공포에 가까운 무시무시한 죄책감이 흙더미처럼 머리 위로 쏟아져 내린 것은.

이영은 거기 묻혀 버렸다.

창문에 금이라도 있는지 어디선가 찬바람이 새어 들고 있었다. 커피는 식었고 발목뼈가 시려 왔다. 다시 만날 약속을 할 필요는 없다는 걸 알았다. 약속 없이도 다시 만날 거였다. 만나지 않을 수 없을 거였다.

관자놀이 옆의 머리칼을 손가락으로 감았다 풀었다 반복하던 이영이 문득 행동을 멈췄다. 십 대 시절의 버릇이 튀어나온 것에 스스로 놀란 것 같았다. 그때는 누구나 단발머리였다. 머리칼을 귀 뒤로 넘기면 희고 말랑한 귀가 드러났고 그럴 때 재이는 귀가 예쁘다고 해 줬다. 언제나 부드럽게 말했다. 그 애는 잔인한 말을 할 때조차도 부드러웠다.

한번은 재이가 모든 걸 알고 있는 게 아닐까 겁이 났다. 자신의 소름 끼치는 감정을 사실은 재이가 다 알고 있는 게 아닐까 하고. 그 고요한 눈으로 다 꿰뚫어 보고 있는 건 아닐까. 그래서 언젠가 재이에게 물은 적이 있었다. 재이가 취해 있다고 생각될 때를 노렸다.

"왜 다른 사람들이 너에게 하는 짓을 다 허락하니?"

흐린 눈으로 졸린 듯 웃으며 재이는 대답했다.

"내가 나 자신에게 하는 짓에 비하면 아무것도 아니라는 생각 때문에."

이영은 담배를 물컵에 담그고 핸드백에서 립스틱을 꺼냈다. 유리컵에 입술을 비춰 보면서 빨갛게 덧발랐다. 많이 바를 것도 없이 입술은 금세 선명해졌다. 그러곤 마치 윗입술과 아랫입술의 립스틱을 고루 번지게 하기 위한 기능적 문장이라는 듯이 무심하게 물었다.

"그 애는 어때?"

"누구?"

"재이 딸."

"아."

뭐라고 설명할 수 있을까? 이끼의 습도나 먼지의 쌓인 높이에 대해 질문 받은 것과 같았다. 대체 뭐라고 해야 할까.

"하얀 벽지 같아. 전등 스위치 주변의 하얀 벽지. 얼핏 멀리서 보면 마냥 희고 깨끗해 보이는데 가까이 다가가서 보면 전등을 켜기 위해 만진 사람들 손때가 묻어 더럽잖아. 그런 벽지 같아."

이영이 고개를 끄덕인 것인지, 떨어뜨린 것인지 알 수 없었다. 그녀는 스르르 일어났고 계산을 하고 나갔다. 문을 열고 나가는 순간 햇빛이 그녀의 얼굴에 부딪혀 부서졌다.

은기

생일 파티가 끝났다. 히라는 이 층으로 올라와 옷을 갈아입었다.
엄마가 굳이 고집해 많은 친구들이 초대되었고 그 덕에 시끄럽게
몇 시간을 낭비한 후였다. 수없이 구워지는 빵과 과자들이 나오는
대로 동이 나자 엄마는 몹시 만족해하며 방으로 들어갔다. 모두 그
럴싸한 선물들을 남기고 돌아갔다.

그러나 히라는 손가락의 반지만을 조명에 비춰 보고 있었다. 승
희의 선물이었다. 반지 같은 건 싫었다. 마음에 들 리 없는데 눈을
떼지 못했다. 그것은 승희가 해 준 이야기 때문이었다.

"할머니 돌아가실 때 옆에 서서 임종을 기다리고 있는데 나를 부
르셨어. 다가가서 귀를 가까이 댔지. 할머닌 목소리도 잘 낼 수 없
는 상태였거든. 거의 마지막 숨을 내쉬면서 말이야, 뭐라고 속삭이
시는 거야. 자기 손가락에 반지 좀 빼 달라고. 반지가 너무 무겁다

고. 그게 죽음이야. 손가락에 낀 반지조차 너무 무거워서 견딜 수가 없게 되는 거."

승희는 대수롭지 않게 말하고는 히라에게 포장이나 상자도 없이 반지를 건넸다.

"너 무거우라고. 추 같은 거라고 생각해."

히라는 아무렇지 않은 척했다. 가슴이 두근거리는 걸 숨기느라 애를 썼다.

지난번 같이 영화를 보기로 해 놓고 승희는 약속 시간을 한참이나 지나서 왔다. 영화는 이미 볼 수도 없었다. 남자를 기다리는 건 이미 아빠 때문에 신물이 나 있었다. 소리를 지르려고 했다. 그런데 이상하게 화가 나질 않았다. 아빠에겐 소리 지르며 욕을 하고 화를 냈는데 승희에겐 화가 안 났다. 제과점 문을 열고 들어오는 승희를 보는데 가슴이 미어졌다. 꽃잎을 씹을 때처럼 쓰고 눈물이 나려고 했다. 서둘러 얼굴을 긴장시켜 꼴사납게 눈물이 흐르는 건 막았다. 우는 모습을 보인다면 자신을 용서 못 할 거였다.

생각해보면 그날은 모든 게 이상했다. 약속을 어길 리 없는 승희가 약속을 어기고, 늦을 리 없는데 늦고, 화가 나야 하는데 화가 안 났고, 평소라면 매너 없게 어떻게 이러냐며 대신 화내 줬을 법한 승지도 조용했다. 다만 한 마리가 죽은 것 같다고, 알아들을 수 없는 말을 중얼거렸을 뿐이다. 승희는 다정하게 사과했다. 머리를 쓰다

듣어 주는 그의 손이 차가웠다.

"내가 죽을 때도 승희한테 반지 빼 달라고 해야겠어."

히라는 반지를 매만졌다. 그때 그의 손이 너무 차가워서 무심코 따뜻하게 해 주고 싶다고 생각한 것은 부끄러우니 비밀로 했다.

사이즈가 큰 셔츠에 편하지만 몸매를 드러내는 숏팬츠로 갈아입은 히라가 거울 앞에서 한 번 더 점검한 뒤 방에서 나갔다. 나갔다가 뭔가 깜빡 두고 간 사람처럼 다시 문을 열더니 은기를 쳐다보았다.

"뭐 해? 안 오고."

은기는 우물거리며 어색하게 거울을 보는 척했다. 사실은 나가고 싶지 않았고 혼자 있고 싶어서였지만 그렇게 말하면 분위기 망치지 말라는 타박을 들을 거였다.

"어, 잠깐 거울 좀 보고 나가려고……."

히라가 픽 웃으며 말했다.

"누가 너 안 봐."

아래층 거실에선 승희와 승지가 각자 소파의 끝과 끝에 앉아 TV를 보고 있었다. 정확히는 승지가 채널을 돌리며 다큐멘터리를 찾고 있었고 승희는 피곤한지 눈을 감고 있었다.

"채널 돌릴 때마다 손가락 끝이 아파."

"그러니까 손톱 너무 짧게 깎지 말랬잖아."

승희가 눈도 뜨지 않고 대꾸했다. 승지가 리모컨 버튼을 누르는 자신의 엄지를 보았다. 바짝 자른 손톱 밑이 빨갰다. 모르는 사이에 부단히 자라나 손끝에서 딱딱하게 굳는 게 꼭 생을 닮았다고 승지는 생각했다. 생은 아마 죽을 때까지 끝없이 자라나는 고체일 거였다.

"넌 어떻게 다 알아?"

"뭐."

"바짝 깎으면 아프다는 거."

"모르는 게 바보 아니냐."

"난 바보네."

"그래."

"근데 나도 모르게 바짝 깎게 돼. 깎이거든. 안 깎이면 될 텐데, 그게 또 깎여."

"……차라리 동물 다큐나 계속 봐라."

"히라가 엄마한테 하는 거 보면 말이야, 진짜 화를 내야 할 가해자가 너무 멀리 있어서 가까이 있는 같은 피해자한테 화풀이하는 느낌이야."

"……."

"만약 개나 고양이였다면 히라가 엄마 목덜미를 물고 마운팅 했겠지? 확실히 서열이 위니까."

승희가 질렸다는 듯 미간을 찌푸렸다.

그때 계단을 밟는 걸음 소리가 들렸다. 승지가 TV 볼륨을 낮췄다. 내려오는 히라의 다리는 희고 곧고 놀랍도록 가늘었다. 말도 안되는 다리라고 생각하며 승지가 물었다.

"네 엄마 다린 유전이라고 했었나?"

"아니. 유전이 아닌 게 천만다행이지. 내가 다릴 절었어 봐."

그렇게 말은 하면서도 히라는 내심 다리를 절었다면 그것마저 자신의 독특한 매력이 되었을 거라고 생각하며 승희와 승지 사이에 앉았다.

"우리 엄만 배 속에서 저랬대. 탯줄 때문에. 외할머니한테 들은 적 있어. 엄마 뱄을 때 어쩐지 발길질이 너무 적은 게 이상하다 싶었대. 상상해 봐. 평생을 단 한 번도 똑바로 걸어본 적이 없다니. 죽을 때까지 똑바로 못 걷다 죽는 거라고."

"괜찮아. 죽음에는 다리가 필요 없잖아. 관을 타고 가니까."

은기가 무심코 말했다. 그 말에 재잘대던 히라가 갑작스레 침묵했고 은기는 곧바로 후회했다. 정적이 흘렀다. 히라의 표정을 읽으려 했지만 고개를 숙여서 흘러내린 머리카락에 가려 있었다. 겨우 히라가 작게 말했다.

"엄마 관은 아주 작겠지? 저렇게 작으니까."

히라가 엄마를 연민하는 건지도 모른다. 그럴지도 모른다고 생각한 순간, 히라가 고개를 들고 새되게 말했다.

"싫어! 내 관이 더 작아야 해. 절대로. 내가 더 마를 거야!"

누군가 적당한 반응을 찾기도 전에 전화벨이 울렸다.

※

내내 걷기 싫다고 툴툴대던 승지가 마침내 안 되겠는지 멈춰 섰다.

"아. 더는 못 걷겠어. 네가 나 안고 걸어."

"너 산책시키는 거 아니거든."

히라가 냉랭하게 대꾸했다. 전화는 아빠였다. 생일인데 봐야 하지 않겠냐고, 집엔 엄마가 있어 불편하니 잠깐 나오라는 거였다.

"그러게 왜 피곤하다는데 억지로 끌고 오냐? 승희랑 오면 되잖아."

"모르면 잠자코 있어."

"모르긴, 둘이 어색하라고 그런 거잖아."

"알면 잠자코 있어."

"넌 심술궂어."

"뭐?"

히라가 한 톤 높게 외쳤다. 성격이 부정적으로 말해진 것 때문이 아니라, 사용된 단어가 마음에 안 들었던 것이다. 심술이란 건 헨젤과 그레텔을 과자로 유혹한 쭈글쭈글한 마녀에게나 붙을 단어였고 그런 촌스러운 단어로 자신이 표현된 것에 기분이 나빴다. 만약 심술궂다가 아니라 잔혹하다거나 무자비하다고 했다면 기분 나쁘지 않았을 것이다.

"언제 시간 내서 국어사전을 정독해 보는 게 좋을 거야. 나쁜 기질을 표현할 수 있는 예쁜 단어들이 얼마든지 있으니까."

히라는 팔짱을 끼고 승지를 쏘아보았다.

아무리 기다려도 아빠는 오지 않았다. 한 번도 약속 시간을 지킨 적이 없다. 이런 사람인 줄 알면서 먹색 카디건만 가볍게 걸치고 나온 것이 후회되었다. 길게 뻗은 맨다리에 소름이 돋았다. 승지도 아까와는 달리 불평 없이 조용히 있었다. 가로등에 날아드는 나방만 보고 있었다.

뭐가 어떻다는 전화조차 없다. 히라의 굳어진 옆얼굴을 곁눈질하던 승지가 조심스럽게 말했다.

"넌 코끼리 색이 참 잘 어울려."

"차콜 말하는 거야?"

"아, 응, 그거……."

부끄러워진 승지는 마치 이 말을 하기 위해 일부러 그랬다는 듯 말했다.

"코끼리가 상심으로 죽기도 한다는 거 알아? 나도 상심으로 죽고 싶다."

"개새끼……."

갑자기 히라의 눈에서 눈물이 뚝 떨어졌다. 승지는 기겁했다. 코끼리를 싫어하는 줄은 몰랐다. 히라는 마치 울도록 설계된 인형처럼 눈물을 퐁퐁 쏟기 시작했다.

"왜, 왜 그래…… 야, 어, 어떻게 해야 돼? 어떻게 해 줘?"

어쩔 줄 모르는 승지를 두고 히라는 자꾸자꾸 울었다. 울음소리는 작았지만 눈물의 양은 많았다. 당장 집으로 달려가 생일 케이크를 먹고 싶었다. 맨손으로 집어 먹고 싶었다. 혀끝만 대 보고 말았던 생크림 케이크를 전부 먹어 없애고 싶었다.

아빠의 일관. 뜬금없이 조성되었다가 아무 때나 훌쩍 증발해 버리는 그 철저히 자기만족적인 애정. 전혀 설득력이 없는 그 애정을, 진심을 다해 주장하는 그 얄팍한 정신에 침을 뱉어 주고 싶었다. 하지만 그럴 수 없었으므로 히라는 더 뾰족해지고 싶었다. 아빠를 찔러 죽일 수 있을 만큼. 아빠를 찔러 관통할 수 있을 만큼. 그러나 그럴 수 없었으므로 그녀는 더 얇아지고 싶었다. 같이 길을 걷다가 아빠가 보는 앞에서 바닥에 난 틈새로 쏙 빠져 버릴 수 있을 만큼. 그가 속수무책으로 나를 상실하게 하고 싶다고 히라는 울며 생각했다.

"그만 울어, 응? 안 울면 안 될까? 히라야, 응?"

승지는 안절부절못하며 어떻게든 이 기습적인 울음을 달래 보려 했지만 히라는 쉽게 그치지 않았다.

❧

"일부러 둘이 두고 간 거야."

승희가 말했다. 은기가 고개를 끄덕였다. 은기도 안다.

한동안은 TV를 보는 척하고 있었다. 은기는 숨이 막힐 것 같았지만 안 그런 척했다.

"어쩐지 배 속에서 발길질이 너무 적었다니."

승희가 말했다.

"……."

"히라 엄마 말이야."

"아……."

"생각나? 네가 학교에서 말이 너무 적었던 거."

"어…… 할 말이 없었나 봐."

대화가 더 깊어지는 것을 막기 위한 시도로 은기는 채널을 돌렸다. 승지가 보던 다큐멘터리 채널에서 때까치가 사냥한 쥐를 나뭇가지에 꿰고 있었다.

"쥐 볼래?"

승희가 손을 내밀었다. 은기가 리모컨을 건네주었다. 리모컨을 받자 승희는 TV 전원을 꺼버렸다. 은기는 조금 놀라는 척해 보았다.

"놀라는 척하지 마."

은기는 놀라는 척을 그만두었다.

"초등학교 때 기억해? 2학년 때. 네가 너무 말을 안 해서 담임이 조치를 취했던 거. 하루에 세 마디 이상 하지 않으면 너를 집에 안

보내겠다고 했었지. 처음 며칠을 넌 교실에 혼자 남아 있었어. 다른 아이들이 모두 돌아가고 난 뒤에 담임이 그만 가도 좋다고 할 때까지 교실에 혼자 앉아 있었어. 우린 어린애들이었어. 그게 부당한 처분이라는 건 알지도 못했지. 그때 넌 무슨 생각을 하면서 앉아 있었을까. 난 한동안 그게 궁금했어. 사실 오랫동안. 지금 생각해 보면 넌 어쩌면 선택적 함묵증 같은 거였는지도 모르겠다. 어쨌든 넌 지나치게 말이 없었고 담임은 그게 문제가 된다고 생각했겠지. 네가 잘못됐다고. 다른 사람들이 하는 만큼 너도 말을 해야 한다고. 그게 정상이라고. 너를 교정해야 한다고."

그 옛날 일을 승희가 왜 꺼낸 건지 은기는 알 수 없었다. 그만뒀으면 했다. 하지만 승희는 계속했다.

"우린 널 기다리지 않았어. 이상하지. 기다려 줄 법도 한데……."

"히라는 학원에 가야 했잖아."

"학원에 안 다녔더라도 기다려 주지 않았을 거야."

"나도 그렇게 생각해."

"사실 승지가 널 기다리자고 했었어. 나한테. 난 싫다고 했고."

"잘했어."

"난 네 그런 모습을 보는 게 기분 나빴거든."

"……."

"쓸데없는 말을 하지 않았다는 이유만으로 남겨지는 벌을 받는 모습."

승희가 그 모습을 떠올리는 것처럼 허공을 쳐다봤다.

"어느 날 아이들 중 누군가 널 도와 줄 방법을 고안해 냈지. 네가 하루에 세 마디를 할 수 있도록 도와 주자고."

그랬다. 질문을 건네고 은기가 대답할 수 있게 해 주자는 거였다. 무의미한 거라도 상관없었다. 가령, "지우개 좀 빌려줄래?" 지우개가 있더라도. 그럼 은기는 대답한다. "응." 한 마디. 하지만 대부분은 대답 없이 지우개를 건네주거나 고개를 끄덕이고 마는 경우가 더 많았기 때문에 아이들의 질문은 점차 발전해 갔다. 단순히 긍정이나 부정이 아니라 은기 자신의 상태나 생각을 말해야만 하는 그런 질문으로. 미술 시간에 그림을 그리다가 "여기에 무슨 색깔이 어울릴까?" "회색." 두 마디. 지나가다 실수인 양 발을 밟고 "아, 미안해! 괜찮아?" "괜찮아." 세 마디. 그런 식이었다.

은기는 겨우겨우 하루에 세 마디를 할 수 있었다. 담임은 하교 시간이 되면 아이들에게 물어 확인하곤 했다. "은기가 오늘 세 마디를 했나요?" 그럼 아이들은 신이 나서 입을 모아 소리쳤다. "네! 세 마디 했어요!"

"우습지. 뭐가 그렇게 신났을까. 널 우리 모두가 공유하는 허락된 약자라고 생각했던 걸까. 다 함께 가두고 기르는. 다 함께 돌봐주고 감시하는. 언제든 우리가 맘만 먹으면 다시 혼자 남겨지게 할 수 있는. 우린 우위에 있고 그럼에도 너에게 너그러울 수 있다는 것에 도취되어 있었던 거 아닐까."

그의 목소리가 깊은 서랍 속에 담겨 있는 것처럼 들렸다.

"그냥…… 단순히 어린아이 집단의 선의였다고 생각할 순 없니?"

은기는 그렇게 말해 보았다. 사람들은 집단일 때 더 선해지거나 더 악해지는 것이 가능하다. 은기는 상처받진 않았었다.

"그 방법을 생각해 낸 건 너였지?"

"음?"

"그때도 네가 주도하면 아이들은 잘 따랐잖아."

"뭐, 그래."

공허하게 수긍하고 승희는 까만 브라운관을 쳐다보았다. 잠시 말이 없었다.

"몰랐어."

그가 말했다.

"……."

"교실에 혼자 앉아 있는 널 보는 게 기분 나빴어. 너에게 가해지는 뭔가가 부당하다고 느꼈기 때문인데 그게 뭔지를 정확히 몰랐어."

어떻게 해야 하는지를 몰랐다. 어떻게 해야 그 사각의 교실에서 그 애를 꺼내 줄 수 있는지. 고작 떠올려 낸 방법은 또 다른 가해 상황을 만들어 내는, 그런 것뿐이었다.

승희가 그답지 않게 멍하니 말했다.

"어른이 되면 말이야."

"응?"

"나는 훌륭해지겠지."

"응."

"나는 훌륭한 가해자가 되겠지."

"……."

그래서 어른이 되지 않을 방법을 궁리하는 사람처럼 승희는 골몰해 있었다. 그가 골몰해 있는 동안 은기는 검은 브라운관에 자기 모습이 비치고 있는 걸 발견하고 살짝 옆으로 움직여 브라운관에서 자신을 치웠다.

그때 승희가 툭 물었다.

"히라한테 왜 뭐라고 안 해?

"뭘?"

"유괴됐던 건 너잖아."

"……."

나는 입을 열었다. 하지만 아무 말도 안 나왔다. 승희가 아무렇지 않게 깨고 있다. 그러기로 약속한 것도 아닌데 아무도 말하지 않는 것을.

"널 훔치고 있잖아. 네가 바로 옆에서 듣고 있는데도. 넌 왜 아무 반응 안 해?"

"아마…… 그래도 괜찮아서일 거야."

내 대답이 무슨 소린지 나도 알 수 없었다. 그는 결국 한숨을 내

쉬었다.

"교실에 혼자 남아 있을 때, 무슨 생각을 했어?"

"아무 생각 없었어. 그냥 학교를 그만 다니고 싶었어. 그뿐이야. 누구와도 상관없어. 그냥 말하는 게 어려웠을 뿐이야."

최소화된 내 대답에 승희는 이마를 지그시 눌렀다. 캐물어도 소용없다는 걸 아는 것 같았다. "주목되는 게 무서웠어. 말을 하면 사람들이 쳐다보고, 그 시선에 내 존재가 증명되잖아. 내가 있다는 게 나한텐 공포였어. 나는 늘 내가 없었으면 했거든."이라고, 나는 솔직한 내 마음을 말하지 못했다. 말해 보려 했더라도 더듬거리다 혀를 깨물고 말았을 것이다.

"……그때 난 왠지 네가 한 번쯤은 텅 빈 교실에서 울지 않았을까 생각했어. 아무도 몰래 한 번쯤은 울었기를 바랐어."

아무리 기억해 내려 해도 그때 내가 울었던 기억은 없다. 나는 왠지 그것이 승희에게 미안했다.

굳이 타인에게 소리 내어 표현하고 전달하고 싶어지는 감정과 생각들은 어디에서 생겨나는 걸까. 나는 추적해 본다. 그런 마음들은 어디에서 만들어지고 고동치고 발길질하는가를.

현관문이 열리는 기계음이 들렸다. 돌아온 것은 히라 혼자였다.

속눈썹이 젖어 있었다. 마치 길 가다 누가 내버린 물벼락이라도 맞은 것 같은 표정이었다.

"믿어져? 울었더니 승지가 도망쳐 버렸어."

그녀를 눈물 쏟게 했던 원인은 이미 머릿속에서 사라진 것 같았다. 도망쳐 달려가던 승지의 뒷모습이 그보다 더 어처구니없었기 때문일 것이다.

"안 믿겨. 말이 안 되잖아! 이 밤중에 나방이 득시글한 가로등 아래 날 혼자 두고?"

히라는 달달 떨면서도 정익 때문에 추위를 못 느끼는 것 같았다.

"왜 그랬대."

승희가 별로 궁금하지 않은 표정으로 말했다.

"날 달랜답시고 갑자기 '소녀와 가로등'을 부르는 거야. 그러니 눈물이 더 나잖아. 막 감정 억제하면서 부르잖아. 그게 더 슬프잖아. 그러니 눈물이 안 나? 그래서 펑펑 울었더니 갑자기 확 뛰어가 버렸어. 나한테서 도망치더라니까?"

승희가 피곤한 듯 목을 만졌다.

"왜 나만? 이런 거 정말 싫어. 아빠 나타나지도 않았고!"

복잡한 심정에 히라는 자기도 모르게 소매를 쥐어뜯었다. 나는 소녀와 가로등을 불렀을 승지의 목소리가 상상이 되었다. 그 나름대로는 최선을 다했을 것이다. 양팔로 몸을 감싸고 있는 히라에게 담요를 둘러 주기 위해 일어섰다. 그제야 일어선 나를 본 히라가 왠지 분한 얼굴을 했다.

"왜 너만! 왜 너만 빈사의 사자상 아래 버려지고! 왜 너만 엄마가 불타 죽고! 왜 네가 미친놈한테 유괴당한 건데!"

"사자상 아래 버려졌었어?"

그건 아니잖아, 하는 투로 승희가 말했다.

"아무튼!"

신경질적으로 히라가 소리 질렀다.

"난 고작 별거 중인 부모가 있을 뿐인데. 죽이고 싶은 아빠 같은 건 흔해 빠졌어. 누구나 머릿속에서 아빠를 마흔 번쯤은 죽이잖아. 전혀 특별하지 않아!"

히라는 다시 울 것 같은 표정이 되었다.

"난 안 만나."

승희가 말했다.

"나만 만날게."

승지가 받아들였다.

"너도 만나지 마."

승희가 그게 당연하다는 투로 말했다.

"난 만나."

승지가 반발했다.

"만나지 마."

승희가 싸늘하고 단호하게 말했다. 평소라면 승지가 수그러질 차
례였는데 이번엔 그렇지 않았다.

"만난다고!"

잠시 팽팽한 침묵이 흘렀다.

히라의 생일 파티가 끝나고 한밤중이 돼서야 방에서 나온 히라 엄마는 마치 한숨 자고 났더니 생각났다는 듯 약속 장소와 시간을 알려주었다. 너희 엄마와 약속 잡아 놨으니 출국 전에 한번 만나라는 거였다.

"지금까지 우릴 안 본 사람이야. 그게 우리에 대한 대답인 거고. 만나는 의미가 없어."

승희가 무표정으로 돌아와 말했다. 언제나처럼 평정을 찾는 게 빨랐다. 승지는 답답하다는 표정이었다.

"엄마랑 자식 관계라는 건 그런 게 아니야. 무조건적인 거야. 알겠어? 아니, 네가 그런 걸 알 리가 없지. 그런 관계의 맹목성에 대해서. 연쇄살인범들도 사형 직전엔 엄마 찾는 거 몰라?"

"그럼 너도 몇 명 죽인 다음에 찾던지."

승희는 그렇게 중얼거리면서 그러나 더 이상 말리는 것이 소용없겠다고 판단했다.

"그래, 만나. 나도 같이."

"만나기 싫다며?"

"싫다고 안 했다. 의미 없다고 했지."

"으…… 너 진짜…… 나만 만나는 게 싫은 거지? 내가 엄마랑 단둘이 만나는 게 넌 싫은 거야! 방해하고 싶고 용납할 수 없는 거겠지. 왜냐면 넌 늘 나보다 앞서야 되고, 나보다 더 가져야 되고, 그게 누구라도 네가 먼저 차지해야 되니까!"

"엄마를 만나고 싶은 게, 네 자유의지는 맞고?"

승희의 말에 승지가 멈칫했다.

승희는 그런 승지의 반응에 조금도 개의치 않는 것처럼 읽고 있던 《기본 암석 광물 용어집》을 다시 펼쳤다. 승희는 자신이라는 방패를 승지에게 가져가게 한 거였으나 그걸 말하지는 않았다. 승희는 영원히 말 안 할 거고, 승지는 영원히 모를 거였다.

그게 3일 전이다. 엄마와 만나기로 약속된 장소로 향하면서 승지는 자꾸 승희의 등을 힐끔거렸다. 할 말이 있는데 도무지 쉽게 나오지 않았다. 앞서 걷는 승희 등만 야속하게 쳐다보았다. 그러고 보면 쟤는 돌부리에 걸려 비틀거리는 일도 없다. 늘 넘어지는 건 자신이었다. 승지는 마음을 다잡고 그의 이름을 부르는 대신 목에서 등으로 이어지는 부위를 이마로 툭 쳤다.

"왜."

"엄마한테 말할 거야?"

"뭐? 네가 히라의 몸에 미쳐 있다는 얘기?"

"물리 시간에 교실에서 쫓겨난 거."

"물리적으로 어쩔 수 없었잖아. 그 선생이 너보다 힘이 세니까."

하필 어제 물리 시간에 여자 나체를 그리다 걸렸다. 승지는 그대로 멱살을 잡혀 복도로 끌려 나갔다. 담임 선생님은 압수한 승지의

그림을 한참 보다가 내려 놓곤 손깍지를 끼고 어깨를 으쓱해 보였
다.

"요즘 십 대들은 반항도 필수가 아니라 선택이라며? 반항하는 건
이제 촌스러운 거라더라? 유치하고 간지 안 산다고."

서론은 장난스럽게 웃음 섞어 말한 다음 이제 본론을 말하겠다는
신호로 선생님은 흠흠, 두 번 헛기침을 했다.

"이런 걸 그리는 게 잘못은 아니야. 네 나이 땐 그럴 수 있어. 매
우 정상적인 남성의……."

승지가 말을 끊었다.

"다시는 안 그러겠습니다."

"지금은 하루 종일 그 생각만 나지? 자연스러운 거야. 하지만 우
리 뭐가 더 중요한지 우선순위를 정하자. 당연히 공부가 더 중요하
지? 참고 기다리면 금방이야. 어른이 되면 다 하게 돼. 어른만 되
면……."

"다른 게 다 돼도 어른은 되기 싫어요."

선생님은 잠시 어리둥절했다.

"왜…… 어른이 되기 싫으니?"

"어른이 되면 길에 침을 뱉잖아요. 길바닥 아무 데나. 아름답지
못하게."

설교의 맥락을 놓친 담임 선생님은 결국 상담 교사에게 승지를
넘겼다. 그건 그렇고, 그게 히라를 그린 거라는 걸 승희는 어떻게

안 걸까? 직접 본 적 없어서 상상해서 그렸는데. 그림을 승희에겐 한 번도 보여 준 적 없는데 승희는 알고 있다. 모르는 게 없는 승희 때문에 승지는 복잡한 심정이 되었다.

카페에 들어서자 두리번거리기도 전에 흡연실에 앉은 중년의 한 여성이 스스럼없이 손을 까딱였다. 시큰둥한 표정의 여자였다. 어색하게 앞 좌석에 앉으며 승지는 제발 어색해 보이지 않았기를 바랐다. 불편하지 않은 척하면서, 처음 본 엄마를 흘깃거렸다. 당장 뛰쳐나가고 싶을 만큼 생경하기도 하고, 어제까지 같이 산 사람처럼 무미건조하기도 했다. 전혀 다른 두 가지 감정이 동시에 생긴다는 것에 스스로 놀랐다. 집중력이 꽃가루처럼 흩어지는 것 같았다. 반면 엄마는 태연했다. 승희도 태연했다. 두 사람이 너무나 태연해서 승지만이 태연을 가장하고 있어야 했다.

대화가 짧게 오갔다. 그녀는 할아버지의 안부를 묻지는 않았다. 승지와 승희를 딱히 구분하려고 하지도 않았다. 마치 한 명의 아들에게 묻는 것처럼 이것저것 흔한 것들을 물었고, 그러면 승지가 다 대답했다. 승희는 마치 외부인처럼 아무 말 없이 소파에 기대 앉아 있었다. 그녀는 얼마 못 가 곧 따분해져 담배를 꺼냈다.

"누가 무슨 고교생 시 대회에서 상 받았다며? 그걸로 대학 가게?"

이영은 담배에 불을 붙이며 물었다. 둘 중에 그 누구는 승지였다.

"어쩌다 받은 거예요. 그냥 참여하면 다 주는."

승지가 수줍어하며 웃었다.

"시인이라도 될 거니?"

"될 수 있으면요."

"그거 괜찮네. 시는 아무도 안 읽으니까."

이영이 웃는 입 모양을 했다. 그리고 담뱃재를 툭 털었다.

"난 작가가 되겠다, 글을 쓸 거다, 그런 말을 들으면 말이야. 시-간(屍姦)을 하겠다는 말로 들리더라."

그녀가 연기 한 모금과 섞어 아무렇지 않게 내뱉은 그 말에 승희는 잠깐 혼란스러웠다. '시간'이라는 단어가 자신이 이해한 그 단어가 맞는지, 잘못 해석한 게 아닌지 승희는 머릿속으로 재차 확인했다. 승지는 담배 연기에 머리가 아파 아직 깨닫지 못하고 있었다. 승희가 여기 와서 처음으로 소리 내 말했다.

"말 못 가려?"

승희의 냉기에 승지는 뭔가 잘못되어 간다는 걸 느꼈다.

"어때서."

실망했냐는 듯이 이영이 웃었다.

"엄마 형편없지? 혹시 오해할까 봐 말해 두는데, 나 지금 일부러 위악 떠는 거 아니다. 원래 이래."

그녀가 그 말을 마치기도 전에 승희는 이미 자리에서 일어났고 승지를 일으켜 세웠다.

"가게? 엄마 미워할 거니? 미워하려면 각오를 해야 할 거야. 나중에 내가 늙고 병들어 찾아와도 절대 받아주지 않을 각오. 알았니? 끝까지 미워하고도 후회하지 않을 자신이 있으면 미워해."

그대로 팔을 잡혀 끌려가는 승지와 뒤도 안 돌아보는 승희의 등에 대고, 이영은 이 말까지도 꼭 해야겠다는 듯 끈질기게 말했다.

"니들은 비려. 니들이 한다는 생각이란 게 다 비리라고. 무슨 대단한 고민에 빠져 있는 것 같지? 아니니까 심각해하지 마라. 아마 나중에 돌아보면 창피해 죽을 거다. 아, 그러니까 시 같은 건 쓰지 말고."

이영은 자신이 이미 잃어버린 것들에 대해 심술을 부리고 있다는 걸 알았다. 그런 자신이 소름 끼치면서도 동시에 쾌감을 느꼈다. 뇌의 밑부분이 녹아내려 입으로 흘러나오는 느낌이었다. 이영은 그들과의 관계를 돌이킬 수 없이 망쳤다는 걸 알았다. 하지만 상관없다.

그녀는 카페 문을 밀고 나가는 두 소년을 바라보며 새 담배에 불을 붙였다. 그때 밖에서 기다리고 있었는지 두 소녀가 소년들에게 다가왔다. 소년과 소녀들은 잠시 서서 몇 마디 나누고 그곳을 떠났다. 이영은 어째서인지 그 간단하고 평범한 장면에서 눈을 뗄 수가 없었다. 담배를 물고 홀린 것처럼 바라봤다. 누구 한 명이 아니라 모두가 쏟아지는 은가루처럼 빛나고 있었다. 멀고 아련하고 다시없을 아름다운 순간을 본 것 같았다. 이영은 그러나 알고 있었다. 그 순간은 한 롤의 휴지처럼 희고 짧을 것이었다.

♣

　"미안. 네 말이 맞았어. 안 만나는 게 나았어. 미안해. 내가 잘못했어."

　승지의 반성에도 승희는 대꾸하지 않았다. 한마디도 하고 싶지 않을 만큼 화가 난 걸까. 나는 승희의 뒤통수 밖에 볼 수 없었지만 그가 이미 차가운 대리석 같은 얼굴로 돌아와 있다는 걸 알 수 있었다.

　"네 말대로야. 쓸데없었어. 화 많이 났어?"

　그는 여전히 아무 말도 하지 않았다. 승희는 앞서 걷기만 했고 그 걸음은 빠르지도 느리지도 않았다. 감정을 추측할 수 없는 걸음이었다. 승지가 초조해하는 게 느껴졌다.

　"아마 모성애가 나타나지 않은 개체인 걸 거야. 간혹 그런 개체가 있대. 모성애라는 게 사실은 당연한 게 아니거든. 학습이지."

　히라가 말했다. 그녀가 누군가를 위로하려 하는 것은 매우 드문 일이었다. 침울해할 시간이 있으면 인터넷 쇼핑몰 장바구니에 넣어 둔 자기 원피스나 골라 주라고 하는 히라였다. 그런 히라가 육교 계단을 앞서 올라가면서 분위기를 전환시키기 위해 열심히 말을 하고 있는 거였다.

"어차피 그거 종의 번식을 위해 내보내는 호르몬이잖아. 별거 아니야. 자식들을 더 이상 원조할 필요가 없어질 때 모성애는 소멸한대. 그래서 그때쯤 자식이 원수 같아지는 거라고. 그 후에도 나타나는 모성애란 건 그냥 습관과 이성에 의해 유지되는 것일 뿐이라고. 쇼펜하우어가 한 말이었나?"

그러나 그렇게 말하고 히라는 입을 앙다물었다. 그가 '태어나지 않는 게 최선'이라고 말했던 사람이기도 하다는 걸, 뒤늦게 떠올린 것이리라.

언제나처럼 히라, 승희 그 뒤로 나와 승지기 길있나. 우리는 육교를 건너가고 있었다. 아무도 반응을 보이지 않자 히라는 조금 풀이 죽었다.

"나 백발이 되면 어떨 거 같아? 내가 태어나서 처음으로 본 영화가 〈백발마녀전〉이었는데. 봤어?"

이번에는 승희가 대답해 주었다.

"아니."

"나 아홉 살 땐가 걸작이라면서 누가 보여 줬었는데, 누구였더라? 기억 안 나. 뭐, 아빠였겠지. 장국영이랑 임청하가 나와서 둘이 사랑하는데 임청하가 자길 믿어 주지 않는 장국영 때문에 슬퍼서 머리가 하얗게 세 버려. 백발의 마녀가 되지."

"슬퍼서 백발이 됐다는 건 알겠는데, 마녀는 왜 된 건데?"

"몰라. 여자가 화내면 마녀 취급하잖아. 자기들이 못 이겨 먹으면 무조건 마녀라지. 나도 나중에 백발이 되면 멋질 것 같아."

"그래도 늙을 생각은 있나 보네."

대견하다는 듯이 승희가 말했다.

"아니, 난 안 늙을 거야. 의학이 괜히 발달하는 게 아니잖아. 결과적으로 어떻게든 노화를 늦추자는 게 의학의 최종 목적이라고. 아, 내가 은기도 성형시켜 줄 거야."

나의 동의는 필요 없이 히라가 이미 결정된 사항처럼 말했다. 그때 뒤에서 승지가 목소리를 높였다.

"아! 나도 옛날 영화 본 거 생각났어. 〈크로넨 이야기〉라고 스페인 영화야. 거기 사는 게 심심한 남자애들이 나오는데, 시비가 붙어서, 육교 난간에 누가 오래 매달리나 시합해."

히라가 풋 웃고는 "미친놈들." 하며 승지를 돌아보았다.

승지는 이미 육교 난간 너머로 건너가 있었다. 거기 매달리려 하고 있었다. 히라는 그 자리에 얼어붙어 버렸다. 나는 잠깐 사이에 난간 너머로 넘어가 버린 승지와 굳어버린 히라를 한눈에 보고 있었다. 한 앵글에 담긴 무섭고 기묘한 장면이었다.

하늘은 맑았지만 바람은 불었다. 히라의 교복 치마가 펄럭이지 않았다면 나는 세상이 정지된 줄 알았을 것이다. 뒤를 돌아본 히라의 심상치 않은 표정에 승희도 돌아보았다. 그는 몸이 먼저 반응한 것 같았다. 승지가 난간 건너편에 있다는 것을 뇌가 인지하기도 전에 난간으로 달려들었다. 무시무시한 힘으로 승지를 잡아 올렸다.

나도 도와야 한다고 생각했지만 몸이 이상하게 삐걱거렸다. 심장이 멈출 것처럼 느려졌다. 승지는 팔과 허리를 붙잡혀 사정없이 끌어올려졌다. 순식간이었다.

승지는 당황한 것 같았다. 별것도 아닌데 다들 왜 그러는지 모르겠다는 표정이었다.

"왜 그래, 장난 좀……."

다음 말은 멱살을 잡혀 할 수 없었다.

"시발, 이 미친 새끼야! 죽고 싶어! 어? 미쳤냐고! 이 좆 같은 새끼야!"

승희의 그런 모습은 처음 보는 거였다. 내 등 뒤로 석양이 지면서 한기가 밀려들었다. 히라가 팔로 몸을 감쌌다. 몸을 떨었다. 그녀는 최대한 침착하려고 애쓰며 말했다.

"아까부터 밑에서 우리 보고 있던 아저씨가 방금 나랑 눈 마주쳤어. 핸드폰 꺼냈고. 지금 전화 걸고 있는데 112에 한 거라면 경찰 올 거야. 그만들 하고 여기서 사라지는 게 좋겠지?"

히라는 덧붙였다.

"나 경찰차 타게 하지 마. 어떤 성폭행범이 앉았을지 모르잖아. 난 절대 안 타."

남자 화장실 안에서 승희가 토하는 소리가 연약하게 들려왔다. 육교 밑으로 내려오자마자 승희는 가장 가까운 건물로 뛰어들어갔다. 세 명 다 따라 들어왔다. 승지는 왜 일이 이렇게 됐는지 도무지 알 수 없다는 듯 여전히 멍해 있었다. 그는 기운이 다 빠진 것처럼 벽에 기댔다.

"정말이야. 그냥 해 본 거야……. 나쁜 생각은 없었어."

도움을 구하듯 승지가 나를 바라보았다. 나는 다가가 옆에 나란히 기댔다. 가까이서 보니 그의 입술이 까칠했다. 팔레트 같은 눈동자에 당혹감과 자책감이 뒤섞여 있었다.

"괜찮을 거야."

나는 달래 보려고 일단 그렇게 말했다. 히라는 그렇게 생각하지 않는 것 같았다. 그녀는 승지를 싸늘하게 쏘아보았다. 그런 소란의 형태로 청춘의 유난을 떠는 짓들을 히라는 예전부터 경멸했다.

줄이 끊어진 것처럼 승지가 힘없이 주저앉았다. 그가 육교 난간에 매달리는 짓을 이유 없이 그냥 했을 리 없다고 나는 생각했다.

"우습고 바보 같은 짓을 하면…… 나를 한심해하면서 승희 마음이 조금 풀릴 거라고 생각했어……."

승지가 중얼거렸다. 그 말에 히라는 입술을 꾹 깨물었다.

"와, 정말 너……."

그녀는 온갖 말들로 비꼬려다 포기했는지 고개를 저었다. 그러곤 굳게 팔짱을 끼고 화장실 쪽으로 고개를 돌렸다.

❧

"왜 토한 거야?"

"나도 모르겠다."

승희한테서 모른다는 대답을 듣다니, 승지는 환청 같다고 생각했다.

히라는 굳이 승희를 자기 방으로 끌고 왔다. 승희는 거절했다가 집까지 가는 게 더 귀찮다고 판단했는지 그냥 끌려왔다. 히라는 그를 침대에 앉히고 엄마의 침실에 약을 가지러 갔다.

"네가 모른다는 건 반칙이지."

승지의 말에 피식 웃으려던 승희가 명치를 누르며 상체를 숙였다. 미간이 찌푸려졌다.

"위 아파?"

의자에서 벌떡 일어나며, 그러나 침대 가까이로는 섣불리 못 오고 승지는 안절부절못했다. 그러다 겨우 튀어나온 말은 이거였다.

"위산과다엔 미치광이풀이 좋대."

"……"

또 그런 소리냐는 눈으로 보는 듯해, 승지는 서둘러 설명을 덧붙였다.

"아니, 진짜라니까. 미치광이풀은 깊은 산속 그늘에서만 자란대. 꽃은 4, 5월에 짙은 보라색으로 피고 진통, 진정 효과가 있어. 중독성이 있어서 조심해야 하지만."

노크 소리가 나고 히라가 문을 살그머니 열었다. 평상시 같지 않게 조심스러웠다.

"벌컥 여는 묘미를 모르네."

승희가 말했다.

"시끄러워."

조금씩 익숙한 서로의 모습으로 돌아오고 있어서 히라는 안심했다. 저리던 손과 발끝이 서서히 체온을 되찾는 느낌이었다. 그런 일은 다신 겪고 싶지 않았다.

"약 먹고 누워. 얌전하게."

히라는 한 알씩 가져온 세카론, 세타마돌, 알비스, 에나폰 정 같은 것들을 승희의 손바닥에 올려 주고 컵에 물을 따랐다. 여전히 침대 근처로 오지 못하고 벽 쪽에 붙어 서성이던 승지가, 잠들기 전에 꼭 들어야겠다는 듯이 다급하게 물었다.

"나 미워할 거야?"

승희가 약을 삼키려다 말고 한숨을 쉬었다.

"누가 쟤 좀 데리고 나가라."

❧

가만히 문을 열었다. 소리는 나지 않았다. 새벽이 오고 있었다. 나는 발소리를 내지 않고 방으로 들어갔다. 너는 걸을 때 소리를 안

낸다던 승희의 말에 용기를 내서 그렇게 했다. 잠들 수 없었다. 하루 동안 많은 일이 일어난 것 같았다. 그러나 다시 생각하기엔 너무 피곤했다.

나는 잠든 승희를 내려다보았다. 시선으로 깨울까 봐 그조차 조심하면서. 승희는 이불을 밀어내고 웅크리고 잠들어 있었다. 바지 주머니에 손을 넣은 채였다. 몹시 불편할 거라는 생각이 들었다. 망설였지만 곧 마음을 먹고 최대한 조심하며 그의 손을 주머니에서 꺼내 주었다. 꺼내서 살며시 내려놓았다고 생각했는데 승희와 눈이 마주쳤다.

"미안해. 그냥…… 손을 꺼내려고 했어."

"잘했어. 꿈을 꾸고 있었거든."

"나쁜 꿈?"

"……."

나는 승희 머리맡에 걸터앉았다. 내 숨소리조차 조심하면서 조용히 물었다.

"그런 사람이란 거 알고 있었어? 그래서 승지가 엄마 만나는 거 반대한 거야?"

"응. 알았어."

어째서인지 둘 다 속삭이고 있었다.

"어떻게? 만난 적도 없잖아."

승희는 잠시 말이 없었다. 망설이는 건 아니었다. 다만 허망해하고 있었다.

"내가 엄마를 닮았을 테니까."

"……."

"늘 생각했거든. 날 낳은 사람은 정말 끔찍한 사람일 거라고."

승희는 자신에게 확인시키듯 말하고 있었다.

"하지만 승지는 몰랐으면 했어."

승희의 말에 나는 아무 말도 할 수 없었다. 한마디도 못해서 교실
에 남겨진 것 같았다.

새벽이 커튼을 밑단부터 서서히 태우기 시작했다. 커튼은 투명으
로 조금씩 타올랐다.

"승지는 나와는 달라."

"……."

"나와 달라서 화가 나. 그게 화가 나 미치겠어."

하지만 화가 난다고 말하는 승희가 나는 슬펐다. 자신과 달라서
승지가 상처를 받을 게 화가 난다고 말하지만 사실은 자신 역시 상
처받았다는 걸 아직 모르기에, 슬펐다.

☘

"괜찮아?"

방문을 닫고 나오는데 기다리고 있던 승지가 아주 작게 물었다.

그는 벽에 등을 대고 웅크리고 앉아 있었다. 나는 고개를 끄덕였다.

"날 싫어하는 건 알지만 미워하기까지 하면 어떡하지. 다신 날 안 보면 어떡해?"

"같이 사는데 어떻게 안 봐."

"승희는 가능해. 한집에 살고 옆에 있어도 다신 안 보는 거."

부정할 수 없었다. 승희는 그럴 수 있었다. 하지만 그런 마음은 먹지 않을 것이다.

"널 안 미워해."

내 말에 겨우 안심이 되었는지 승지가 웅크리고 있던 두 다리를 길게 뻗었다. 여기가 잔디 위였다면 그는 두 발목을 내던지듯 폈을 것이고 나는 그에게 잔디를 뜯어 뿌렸을 것이다. 히라의 집은 너무 컸다. 커다란 상자 속 같았다.

나도 승지 옆에 앉았다. 승지는 엄마에게 들은 말을 해주었다.

"시인이 될 거라고 했더니 그런 말을 했는데, 내가 여자가 될 거라고 했으면 어떤 말까지 했을까."

승지가 씁쓸해하며 말했다.

"육체에 영혼이 깃드는 걸까 아니면 영혼에 육체가 배정되는 걸까."

내려앉는 고양이의 털 한 올처럼 그는 조용히 말하고 있었다.

"어쩌다 이렇게 됐을까. 왜 잘못 들어선 걸까. 누가 잘못 집어넣은 걸까. 이거 하난 분명해. 내가 잘못한 건 아니라는 거야. 내가 한

게 아닌데 내가 책임져야 한다니 최악이야."

승지는 자신을 남자의 몸 안에 갇힌 레스비언이라고 생각했다. 대충 그 부근 어디쯤일 거라고 했다. 자신도 정확하게는 몰랐다. 보라색에 가까운 남색이나 회색에 가까운 물색처럼, 정확한 정의는 아직도 몰랐다. 정의 같은 건 없을지도 몰랐다. 더 어릴 때는, 여자를 좋아하는 건지 여자가 되고 싶은 건지 혼란을 겪었다. 그걸 구분해 내려고 오래 고통받았다. 그 둘 다일 수도 있다는 걸 깨달은 건 얼마 되지 않았다.

히라가 학원에 가고 승희가 할아버지의 장기 상대가 되느라 단둘이 있게 되면 승지는 내게 아무에게도 한 적 없는 얘기들을 하곤 했다. 왠지 승지는 주저 없이 할 수 있었다고 했다. 굳이 약속 같은 걸 하지 않아도 죽을 때까지 비밀을 지켜 줄 거라는 이상한 믿음이 있었다고 했다. 사실은 그저 내가 말이 없었기 때문일 것이다.

"남자는 여자보다 피부도 몇 배나 더 두껍대. 너무하지 않아? 내 피부 좀 봐. 질 나쁜 화장지 같다니까."

"아니야. 피부 좋아."

"남자치고 그렇다는 거겠지."

"……."

"여자가 더 아름답기 쉬워. 남성에게는 우아함이 없는 것 같아."

나는 아니라고 생각했지만 괜히 그의 비통함만 자극할 것 같아

가만히 있었다.

"타고나길 골격이 다르단 말이지. 이렇게 우악스러운 골격으론 내 미적 기준에 맞출 수가 없어."

승지는 절망스럽게 자신의 양손을 내려다보았다. 손가락의 굵은 마디들이 꼴사나워서 견딜 수 없다는 것처럼.

"누 떼가 강을 건널 때 몇 마리는 반드시 악어 먹이가 되는 거 알아? 악어들이 그 누를 잡아먹는 동안 다른 누들이 무사히 강을 건널 수 있거든."

또 무슨 소릴 하나 싶어 나는 기다렸다.

"난 아마 가장 먼저 잡아먹히는 누일 거야. 이런 못생긴 뼈는 악어나 물어 가겠지."

그가 되고 싶은 아름다움의 기준은 히라였다. 히라를 묘사할 때면 승지는 시라도 쓸 기세였는데 그러다 보니 정말 시를 쓰게 된 건지도 몰랐다.

"그 뺨 좀 봐. 무슨 새하얀 플라스틱 같다니까? 유리로 그어도 지저분하게 피 같은 건 안 흐를 거야. 그으면 그냥 매끄럽게 갈라지기만 할걸. 그 틈새로 안을 들여다보면 아무것도 없는 거지. 나 저런 얼굴로 한번 살아 보고 싶어. 모든 문의 열쇠 같은 얼굴로. 다시 태어난다면 히라처럼 태어나서 아주 더럽고 화려하게 살 거야. 이렇게 단조로운 보통의 삶 말고. 열렬하게. 막 살고 싶어. 된통 살아 보고 싶어."

거기까지는 너무 나간 것 같다고 생각했지만 나는 듣고만 있었다. 너무 절박한 나머지 발끈해서 과장되게 토로하는 것뿐이란 걸 알기 때문이었다. 비현실적인 껍질을 두르고 있으면 현실로부터 덜 다칠 거라고 승지는 믿었다. 아름다움이 곧 하얀 붕대라고. 나는 언젠가 승지가 만나게 될 누군가가 그에게 말해 줬으면 좋겠다고 생각했다. 모든 것이 아름다울 필요는 없다고. 아름답다거나 아름답지 않다거나, 특별하다거나 특별하지 않다거나 그런 가치 판단에서 벗어나 존재해도 된다고.

"사실은 나도 알아."

승지가 갑자기 한풀 푹 꺾였다.

"십 년이나 이십 년 후쯤에 돌아보면 내가 왜 그렇게 히라에게 몰두했나 싶겠지. 생각해 보면 어느 학교에나 한 명쯤 있는 예쁘장한 여자애였을 뿐인데. 왜 그땐 그토록 찬란하고 목숨처럼 느껴졌나 할 거라고. 종교나 아이돌 같은 거야. 내가 그 대상을 절대시하는 걸 어떻게든 합리화하려고. 내 숭배가 부끄러워질까 봐 열심히 대상을 보정하고 포장하는 거지……."

승지와 다르지 않았다. 나 역시 히라를 빛과 동일시했다. 그 빛이 결코 온기가 아니었음에도.

"왜일까? 나중에 돌아보면 분명 사소한 것들인데 지금은 절대처럼 느껴지는 건."

승지가 울먹울먹하며 말했다.

"그 사소한 것들의 모음이 곧 우리니까."

인간은 그리 대단한 것들로 이루어져 있지 않았다. 아주 사소하고 하찮은 허무한 것들로 이루어져 있었다. 사소한 상처로도 당장 죽을 것만 같은 게 우리였다.

그렇게 어릴 때부터 승지는 달구어진 아름다움에 마음을 데인 상처가 있는 아이처럼 굴었다. 언제 어디에서 누구에게 입은 화상인지는 몰랐다. 누구나 데인 상처가 하나씩은 있는 것처럼 승지 역시 그랬을 뿐이다. 누구에게나 화상을 입히는 그 불씨는 아직 잿더미 속에 살아 있다. 결코 꺼지지 않고, 한 시절씩 연소시켜 쾨쾨한 검은 연기를 피우고, 그 때문에 기억에는 그을음이 생기는 것이리라. 두개골의 안쪽을 훑어보면 시커먼 검정이 묻어 나올지 모른다. 그렇게 생에는 가연성이 있음을 알게 된다. 생에는 가연성이 있어 엄마를 태워 버렸다. 나는 그을음투성이 벽을 생각했다. 밤새 헤매고 다닌 아이들처럼 승지도 나도 몹시 피곤했다. 졸음은 추처럼 무거웠고, 승지는 내 어깨에 머리를 기대고 잠들어 있었다.

이
영

며칠 후 우리는 피크닉을 계획했다. 누가 먼저 내놓은 생각이었는지 지금은 기억이 나지 않는다. 기분 전환에는 풀도 밟고 거미를 보는 게 좋다고 제안한 건 누구였던가.

목적지로 가는 지하철 안은 한산했다. 그런 시간을 골랐다. 장소는 승지네 할머니가 주말농장을 하려고 마련해 놓고 다녀오다 교통사고를 당해 죽는 바람에 방치되어 있던 작은 밭. 지금은 온갖 잡초와 꽃들로 무성하다고 했다. 그 무성한 정도와 근처 편의 시설을 알아보려고 승희와 승지는 먼저 가 있었다. 역에 마중 나와 있겠다고 했다.

한동안 히라는 조용했다. 식욕 때문이었다. 창밖 풍경은 뭉개진 라떼아트처럼 뒤편으로 빠르게 흘러갔다. 말린 육포 같은 나무들이, 마시멜로 같은 구름들이, 브로콜리 같은 풀들이, 차가운 탄산음

료 같은 하늘이, 흩뿌린 통밀가루처럼 떠도는 공기 중의 먼지들이 히라의 뇌에 삼켜지고 있었다. 히라 자신이 거대하고 외로운 식욕이 된 기분이었다. 그러나 그렇게 가만히 창밖의 경치를 바라보는 것만으로도 히라는 신비로워 보여서 이동하던 승객이 흘깃거리며 지나갔다.

문득 히라가 다시 물었다. 아까 내 대답이 시원치 않았던 모양인지 재차 확인하는 거였다.

"정말 기억 안 나?"

"응."

"유괴당했을 때 무슨 일이 있었는지 정말 전혀 기억이 안 나?"

"아무것도 기억 안 나."

"흐음."

히라가 만족스럽게 콧소리를 냈다.

"그 편이 좋아. 네가 무슨 일을 당했을지 상상할 수 있는 게."

정말이었다. 나는 무슨 일이 있었는지는 기억하지 못한다. 하지만 그에 대해서는 기억했다. 자주 떠올렸다. 아니, 떠올리는 것이 아니라 그가 스스로 떠오른다고 하는 게 맞다. 잠들 때, 깨어날 때, 꿈속에서, 꿈밖에서 그는 반복해서 내게 나타나고 보여 줄 게 있다고 한다. 그러면 나는 일어선다. 그를 따라간다. 그 장면이 머릿속에 아무 때나 떠올랐다. 어떤 계기나 예고도 없이 문득. 그 기억에 어떤 감정이 뒤따르는 건 아니다. 괴롭거나 두렵거나 그런 감정들

은 없다. 느껴지는 것은 없다. 그는 다만 떠오른다. 강의 표면에 떠
오르는 새하얀 익사체처럼. 부패 가스 때문에 가라앉지 못해 어쩔
수 없다는 듯이 둥실 떠오르는 것이다. 말도 하지 않고 숨도 쉬지
않으면서 다만 떠오를 뿐이다. 그가 떠오르고 나는 검정으로 일어
서는 것뿐이다.

"다른 애들은 나만큼 너의 가치를 몰라."

히라가 속삭이며 나를 안아 왔다. 마치, 자신이 필요로 하기에 내
가 존재하는 것처럼. 나는 긍정도 부정도 하지 않았다. 감동하지도
않았다. 그저 생각했다. 기적적인 일체와 이해는 대체 어디에 있는
지를.

막 그런 생각을 하던 순간 지하철이 멈췄다. 목적지에 도착해서
인데 왠지 긁히는 느낌으로 멈춘 것 같았다. 안내 방송은 없었다.
열려야 할 문이 열리지 않자 옆 칸의 승객들이나 밖에 있던 사람들
이 가볍게 웅성거렸다. 히라는 침착하게 승희에게 전화했다. 역에
있을 테니 상황을 알려 줄 거였다. 하지만 승희가 전화를 받지 않았
고 히라는 갸웃하며 이번엔 승지에게 전화를 걸었다.

승지는 전화를 받았다.

"승지? 여기 무슨 일 있나 봐."

"어. 승희가 떨어졌거든."

"응?"

"그냥…… 보니까 벌써 없었어."

"새치기 당했어."

히라의 첫마디였다.

"우리 중에 가장 먼저 자살하는 역할이라면 나잖아! 누가 봐도 그렇잖아! 너도 그렇게 생각하지? 맞지? 그건 내 거였는데."

히라가 발뒤꿈치로 영안실 복도의 딱딱한 바닥을 치며 날카롭게 말하고 있었다. 헝클어진 그녀의 머리를 매만져 주려고 손을 뻗다가 니는 도중에 멈췄다. 그러나 곧 다시 뻗어 넘겨 주었다. 이 상황에서도 이런 역할을 흔들림 없이 유지하는 자신에게 혐오감이 들었다. 그러나 나는 그렇게 할 수 있었다. 냉정의 유지와는 별개로 모든 감각이 뒤로 물러나는 느낌이었다. 얇은 종이처럼 접혀 가는 느낌이었다. 세상의 모든 날짐승들이 일제히 날개를 접는 느낌이었다.

그녀의 모든 삶의 방식을 이해하는 것과 그 방식에 동의하는 것은 달랐다. 나는 그녀를 이해했지만 동의하는 것에는 실패하고 말았다. 내가 히라를 떠나는 때는 언제일까? 승희에게 물었다. 승희가 없기에 비로소 나는 그에게 물어볼 마음이 생겼다. 죽고 없는 그여서 겨우 나는 말을 할 마음이 들었다.

"아주 잠깐이었어. 저기 열차가 들어오는 소리가 들렸어. 머리에 벌레가 붙었다고 말해 줘서, 손으로 털었어. 뭐가 날아간 것 같기도 하고 아무것도 없었던 것 같기도 해. 털고 고개를 드니까 벌써 없었어."

자살인지 사고인지 아직 확실치 않았다. 경찰에서 CCTV를 조사할 거라고 했다. 그가 발을 헛디뎠다 해도 믿기 어려웠지만 그 편이 차라리 받아들이기는 쉬울 거였다. 열차를 서게 하고 무고한 기관사에게 깊은 트라우마를 남기고 관계없는 많은 사람들에게 폐를 끼치는 방법으로 승희가 자살할 거라곤 생각할 수 없었다. 승희의 삶과 전혀 상반되는 죽음의 방식이었기 때문이다. 정말 실수거나 아니면 충동이었을지도 몰랐다. 하지만 충동이라니, 그와 이렇게 안 어울리는 단어가 있을까. 나는 겹겹이 밀려드는 서로를 배반하는 생각들에 시달렸다. 승지는 담담한 편이었다. 할아버지에게 전화를 걸고 경찰을 비롯한 병원 관계자들과 필요한 대화를 하고 안치실에 들어갔다 나오고, 그리고 히라의 피크닉 가방을 들어주고.

히라도 승지도 간간히 몇 마디를 했지만 서로에게 하는 건 아니었다. 소통하기 위한 게 아니었다. 그저 속에 넘실대는 뭔가를 자꾸 덜어내지 않으면 넘칠 것 같아서 무슨 말이든 내뱉는 것 같았다. 그래서 대화는 없었다. 혼잣말들만 오갔다.

"자살한 것 같지 않아."

그중에 내 혼잣말도 섞여 있었던 것 같다.

"승희는 맘에 안 드는 게 있으면 쉽게 버렸잖아. 버린 거야. 자기가 맘에 안 들어서 그냥 버린 것 같아."

❧

    승희가 죽은 그 해는 전 세계 기린의 목이 일제히 한 뼘 더 길어진 해라고 믿어진다. 심장으로부터 뇌가 한 뼘 더 멀어진 해다. 심장과 뇌의 거리가 가장 먼 생물이 기린이라면 나는 기린으로 태어나고 싶었다. 공중에서 잎을 따서 성실하게 씹고 씹어서 삼킨 그것을 위까지 내려보내는 데 한 일주일쯤 걸릴 만큼, 목이 길었으면 좋았을 것이다. 목이 그렇게 길었다면 마침내 뇌와 심장은 너무 먼 탓에 각자의 체제를 갖추고 서로로부터 완전하게 독립했을지 모른다. 생명을 유지시키는 데 의견을 일치시키고 공정하게 합동하되 서로에게 고약한 영향은 끼치지 않는. 그러나 목이 그렇게나 길었다면 감당하기 어려워서 나는 휘청거렸을 것이다. 휘청거리다가 꺾였을 것이다. 목이 단숨에 꺾였다면 고통은 순간이었을 것이다. '단숨에'라는 부분이 중요하다. 고통이 집요해지면 인간은 그 고통에도 중독되어 버리므로. 그러나 기린이 아니었음에도 나는 상당히 휘청거렸다. 그리고 안타깝게도 목이 꺾이기까지는 아직도 긴 시간이 남아 있었다.

❧

"이거 동반 가출인 걸까."

"내일 돌아갈 거잖이."

"맞아. 돌아가지."

승지가 스스로에게 고지하듯 말했다. 승지와 나는 각자의 코트 주머니에 손을 넣고 해변을 걷고 있었다. 깜깜해서 아무도 없었다. 있을 법한 개 한 마리도 보이지 않았다. 시커먼 바다가 거대한 볼에 담긴 것처럼 출렁이고 있었다. 히라가 봤다면 분명 초코푸딩 같다고 했을 것이다.

우리는 근처 아담한 여관으로 잠을 자러 들어갔다. 짐이라고 해봤자 승지에겐 지갑, 내겐 각설탕 하나뿐이었다. 언제든 히라가 저혈당이 와서 식은땀을 흘릴 때를 대비해 내가 늘 주머니에 몇 개 가지고 다니던 거였다. 각설탕을 매만지며 지금은 히라의 당이 떨어지지 않기를 빌었다.

나란히 누우면 꽉 찰 것 같은 좁은 방 안에 기대어 앉았다. 전등이 깜빡거렸다. 승지가 양팔에 머리를 묻고 웅크렸다.

"머리 아프니?"

"나 말고. 환상통 같은 건가 봐. 승희가 없는데 승희가 아픈 것 같아."

승지는 승희를 앓으며, 내게 조용조용 말했다. 엄마의 자궁으로 돌아가고 싶다고. 돌아가서 엄마에게서 받은 영양분을 전부 손톱을 기르는 데 쓰고 싶다고. 그렇게 기른 손톱을 세워 자궁 내벽을 할퀴고 유산되고 싶다고. 피와 함께 쏟아지고 싶다고. 승희와 분리되기 전에 하나인 채로 쏟아지고 싶다고. 쏟아져 내리는 상상을 계속한다고. 그래야만 겨우 진정할 수 있다고.

"엄마 때문이 아니라고 말해 줘."

"응?"

나는 잠긴 목으로 물었다.

"엄마 같은 게 뭐라고 승희가 죽기까지 하겠어? 승희가? 고작 엄마 때문에? 그럴 리 없잖아."

승지가 씹어뱉듯이 말했다. 나는 아무 말도 못 했다.

"그래. 직어도 엄마가 비탈 역할을 한 건 부정 못 하겠다. 한 단 한 단 계단을 내려가고 있던 승희에게 엄만 때마침 나타난 비탈이었겠지."

어떻게든 승희를 이해해 보려고 승지는 필사적으로 노력하고 있었다. 나는 아는 게 없었다. 내가 승희에 대해 아는 거라곤 성가신 햇살이 눈을 조준하면 고개를 기울여 피한다는 것뿐이었다. 그러니 만약 목을 심하게 다쳐 고개를 움직일 수 없게 된다면 그는 눈을 감아 버릴 거였다. 한 번의 망설임도 없이 승희라면 단번에 눈을 감을 수 있다. 너는 그럴 수 있었다.

염분을 머금은 축축하고 검은 시간이 흘러갔다. 나는 초라한 벽만 바라보고 있었고, 그것은 도저히 승지를 바라볼 수 없어서였다. 깜빡이는 전등에 방해받는 어둠 속에서 승지가 각오하듯 말했다.

"가능한 많이 그리고 빨리 돈을 모을 거야. 그 전엔 절대 안 죽을 거야. 남자 몸으론 절대 안 죽어."

나는 다가가 승지를 안아 주고 싶었다. 그럼 승지는 힘없는 봉제 인형처럼 그냥 안길 거였다. 하지만 그러지 않았다. 나는 겨우 상체를 움직여 그에게 조금 더 붙어 앉았을 뿐이다. 우리는 서로가 갇힌 낭 안에서 껍질끼리만 닿아 있었다. 하지만 이보다 더 가까울 순 없을 거였다.

"유괴됐을 때 말이야."

"응."

"우리 원망했어?"

"왜?"

"우리가 아니어서. 우리가 아니라 너라서."

"아니."

"그 사람은 미웠어?"

"아니."

"어떻게? 어떻게 안 미울 수 있었어?"

그들이 등에 꽂고 살아온 단검을 보게 되는 순간들이 있었다. 그럴 때면 생각했다. 어쩌면 수천 단계의 과정을 거슬러 추적해 가 보면 그들이 저 인간의 밑바닥까지 드러내게 하는 데 나도 당신도 한 스푼씩을 덜어 간 공범자일 수도 있다는 생각. 게다가 그 생각은 결코 순수한 성찰에서 나온 것이 아니고 나의 고통과 그로 인한 뒤틀림 역시도 세상이 거들지 않았느냐는 원망의 발로일 수 있다는 자기 혐의.

내 나무를 갉아 쓰러뜨린 건 누구였는가. 내가 내려앉아 쉴 수 없게 만든 건 누구였는가. 그게 누구였든 입천장을 뚫고 자라나는 이가 너무 아파서 어쩔 수 없었을 거라는 근본적인 체념. 그럼에도 용서받아서도 결코 용서해서도 안 될 그 누군가들. 그런 생각들이 그치지 않는 비처럼 나를 괴롭혔었다.

"사람들 한 명 한 명을 곰곰이 생각하고 또 생각하다 보면 이해되고 말아. 이해되고 마는 거야. 그리고 다 이해해 버리고 나면……."

죽고 싶어졌다. 끝내는 그랬다. 모두를 이해하고 나면 검은 세계만 남았다. 그건 남는 게 아무것도 없는 것과 같다. 승지에게 거기까지는 말하지 않았다. 너무 많은 말을 하고 있다는 생각에 그만 멈췄다.

"그러고 나면?"

"이해 못 하는 편이 나았다고 생각하게 돼."

파도 소리에 서로의 팔을 베고 누워 멀미나는 여윈잠을 잤다. 잠에 빠져들면서, 문득 이런 생각이 들었다. 승희는 무감정하려 했기에 감정이라는 완충 장치가 없어서 오히려 정신에 직격으로 상처가 가해진 것이 아닐까 하는.

그때 히라는 자기 방에서 혼자 몸을 말고 자고 있었다. 바람이 덜 컹 창문에 충돌했다. 바람의 유독 사나운 꼬리가 운 나쁜 히라의 수 면을 쳤다. 두들겨 깨워진 것처럼 히라는 잠에서 깼다. 눈을 뜨자 몸을 짓누르는 암흑이었다. 수천 톤의 암흑이었다. 뒤척이며 파고 들던 은기의 옆구리가 필요했다. 거기 잠복해 있던 따뜻한 무심이. 히라는 어마어마한 부재에 놀라 자기도 모르게 속삭였다. 돌아와. 누구를 찾는 건지는 자신도 몰랐다. 회색 쥐처럼 움츠렸다. 달이 모 두를 조준하고 있던 밤이었다.

소풍은 풀과 거미가 아닌 달과 바다로 끝이 났다. 그게 그거일지 모른다. 승지는 바닷바람 탓에 감기에 걸려 집으로 돌아왔다. 집주 인의 야박한 난방 탓이라고 승지는 말했지만 내가 안아 주지 못했 기 때문일 수도 있다. 나는 승지를 먼저 집에 데려다주었다. 장례식 때 보기로 하고 승지를 들여보냈다.

승지는 정원으로 걸어 들어갔다. 술래 없이 숨바꼭질하던 그늘진 정원을 통과하기 위해 걸어가고 있었다. 나뭇잎 그림자에 젖어드는 그의 뒷모습을 멍하니 보았다. 아무에게도 들키지 않으려, 덤불 속 에서 숨죽이고 있던 소년. '쉿-' 그것이 내게 던진 첫 소리였던 너.

내 안에 담아 둔 온갖 소란들에 위로가 되었던, 쉿― 우리는 잘 숨고 안 들켜야 했다. 생존율이 높은 건 그런 동물일 거다. 이번엔 승희가 먼저 들킨 것뿐이다. 확장하는 생각들에 나는 머리를 흔들었다. 이제 히라에게 돌아가야 한다. 돌아서는데 누군가 앞을 막아섰다. 뾰족하게 서 있는 건 이영이었다.

"이름이 은기라고? 요즘 애들 그런 이름 잘 없는데. 무슨 은색 그릇 같은 이름이네. 놀림받진 않니?"

내 이름은 정말로 은그릇이라는 뜻이다.

"아뇨. 아무도 관심 없어요. 제가 교실에서 없어져도 모를 기예요."

"편리하겠네."

"네."

우리는 카페로 갔다.

"네 엄마는 명화 같았는데."

나를 앞에 두고 이영은 저 멀리 다른 형상을 떠올리는 것처럼 보였다.

"참 잔인한 애였어. 마지막으로 그 앨 찾아갔을 때 만나 주지도 않더라. 문 좀 열어 달라고 사정하는데 끝까지 열어 주지 않았어. 빌었는데."

이영은 자조하며 비죽거렸다.

"문을 걸어 잠그고 안쪽에서 나한테 이런 말을 했어……."

그녀는 잠깐 망설였다.

"내 쪽으론 숨도 쉬지 않겠다고. 얼마나 나를 경멸했으면 내 쪽으론 숨도 쉬지 않겠다고 했을까."

아마도 그 말이, 그녀에겐 이후의 삶을 결정짓는 선고와 같았을 것이다.

"대체 내가 뭘 그렇게 잘못했는데? 어떻게 그런 말을 할 수 있지?"

이영은 마치 내게 따지듯이 묻고 있었다.

"그 뒤로 난 어떤 말에도 상처받지 않게 됐어. 어떤 누구라도 상처 줄 수 있게 됐고. 상처를 주는 게 아무렇지 않아지더라."

옅은 열기가 감도는 눈으로 그녀는 나를 빤히 보았다. 마치 내 엄마가 아니라 날 원망하는 것 같았는데 왠지 그 원망이 정당하게 느껴질 정도였다.

"그리고 그날 죽어 버렸지. 이서, 그 새끼가 방에 불을 질러서. 미친놈."

이영이 비실비실 웃었다.

"걔한테도 문을 안 열어 줬겠지. 문을 안 열어 줘서 나는 고작 울었는데 이서는 불을 질렀네."

웃다가 뚝 멈췄다.

"타 죽기나 하고. 명화의 숙명인가 봐. 불타서 없어지는 거. 배 속에서 너를 꺼내긴 했지만."

그녀는 다시 찬찬히 나를 보았다. 조금이라도 닮은 부분을 발견해 내고 싶어하는 것 같았다. 그러나 없었기에 그녀는 신경질적으로 시선을 뗐다. 실망스럽다는 표시로 이영은 새 담배에 불을 붙였다. 그렇다. 나는 타지 않았다. 그래서 한번 이렇게 말해 보았다.

"불을 지른 게 정말 이서였을까요?"

반응은 확실히 있었다. 이영은 들이마신 연기를 내뱉는 것도 잊어 버리고 굳었다.

"불이 났을 때 난 거기 없었어. 증명할 수 있어."

"화재는 얼마든지 지연시킬 수 있대요."

말하며 나는 손을 뻗어 그녀가 재떨이에 대충 짓누른 담배를 집어 들었다. 담배 끝에서 솟아오르고 있던 연기가 따라 일렁였다. 나는 그것을 의도적으로 지그시 눌러 껐다.

"담뱃불을 제대로 꺼야죠."

이 약간의 자극만으로도 이영은 부들부들 떨기 시작했다.

"너 뭐야? 지금 무슨 소리 하니? 뭐하자는 거야? 내가 불을 냈다고? 돌았니? 너 일부러 이러는 거지. 나한테 화풀이하는 거야! 나때문에 승희가 죽었다고 생각해서!"

나는 전혀 화나 있지 않았다. 불을 지른 게 그녀라고 생각하는 것도 아니었다. 그저 조금 그녀를 뒤적거려 본 거다.

"그럴 리가 없잖아요."

나는 승지가 했던 말을 읊어 보았다. 그건 마치 승지가 쓴 시의

한 구절 같았다.

"엄마 같은 게 뭐라고. 승희가 당신 때문에 죽을 리 없잖아."

말을 잃은 그녀를 바라보았다. 울어본 지 오래된 그녀의 눈을 바라보았다. 당신 때문이 아니다. 승희는 그저 가능성들을 죽인 것이다. 당신이 될지도 모를 가능성. 그 누구보다 뛰어난 가해자가 될 가능성. 삶에 의미가 있는 척하지 못할 가능성. 승지를 먼저 잃게 될지도 모른다는 그 두려운 가능성. 그 가능성들을 가늠해 보고 가치가 없다고 판단해서, 버렸다. 승희는 삶을 닮은 무가치함을 버렸다.

"너, 너 방금 뭐랬어? 이제 보니 너 무서운 애구나? 완전히 다른 사람 같다? 네 엄마랑 안 닮아서 이상하다 했더니 아니었어! 네 엄마랑 똑같아! 네 엄마처럼 너도 아무것도 안 봐. 보는 척하지만 아무도 안 봐. 다 통과시켜 버리지. 너 같은 애는 사람 같지 않아! 사람이라기보단……."

그녀는 다음 말이 떠오르지 않는지 한참을 멈춰 있었다. 아마도 사람보다 더 끔찍한 걸 떠올리려 했지만 사람보다 더 끔찍한 게 없었기에 말문이 막힌 것이리라.

"이, 이 벽지 같은 게! 내 아들 혼자 죽게 내버려 둔 게!"

나는 웃었다. 언제나처럼 웃는 시늉을 한 게 아니라 정말로 웃음이 나와서 웃었다. 벽지라니. 감탄했다. 그보다 정확한 표현은 있을 수 없었다. 그렇다면 나는 벽의 그을음을 감추기 위해 발라진 벽지

다. 이제 벽지의 뒷면은 벽과 붙어 버려 볼 수 없다. 벽지면 어떻고 구멍이면 어떤가. 검은 비닐봉지면 또 어떤가. 나는 그게 아무렇지도 않았다.

"내 아들 죽을 때 넌 뭐 했어? 혼자 죽게 했잖아! 너니까 내 아들이 혼자 죽은 거야! 널 좋아했으면 같이 죽어 달라고 부탁이라도 했겠지, 그렇게 혼자 죽었겠어? 너라도 같이 죽었어야지!"

이영은 막무가내로 퍼붓고 있었다. 그것은 재이의 문 앞에 서 있던 자신에게 하는 소리 같기도 했다. 가파른 계단 같은 사람이었다. 그래서 서툴고 위험했다. 그녀는 자신을 공들여 훼손해 온 사람이었다. 늙은 열여덟 살이었다. 그때로 돌아간 게 아니라 그때에 멈춰 있었다. 이해되었다. 이영은 그 불타는 방을 자기 머릿속에 옮겨 놓고 지금껏 살았다. 그 방은 지금도 계속 타고 있다. 자신의 뇌에서 나는 탄내를 덮으려고 끊임없이 그녀가 태우던 담배 연기 때문에 기관지가 간지러워서 나는 자리에서 일어났다.

모두의 시선을 받으며 소리를 지르고 있는 이영을 두고 나는 나왔다. 등에 대고 이영은 계속 소리를 질러 댔다. 부정확한 단어들과 횡설수설한 문장들과 그보다 많은 욕설들은 점점 비명으로 바뀌어 갔다. 카페 유리문을 열고 나와 몇 걸음 걷다 뒤돌아보니 창문 안으로 그녀를 말리는 점원이 보였다. 눈을 부릅뜨고 마른 팔을 휘저으며 발을 구르고 있는 이영의 모습이 보였다. 그녀는 공터에 묶인 채 주인을 기다리며 울부짖는 유기견 같았다. 아무나 데려가라고 묶어

놓고 주인이 떠나 버린 것을 아는.

그녀는 자신의 죄책감에 애착을 가지고 있었다. 오랫동안 극도로 공들여 완성한 죄책감이었기 때문이다. 그걸 빼앗기면 평생이 허물어지는 거였다. 벗어나도록 도와 주려고 손을 내미는 사람이 있다면 아마 그녀는 그 손을 물어뜯을 것이다. 그녀는 목줄을 풀어 주려고 다가가는 사람들에게 이를 드러내고 죽일 듯이 위협하며 오로지 오지 않을 한 사람만을 기다리며 울부짖고 있었다.

방으로 들어서는 나를 향해 히라는 낮게 물었다.

"어디 있었어?"

"……관에."

"뭐? 관?"

나는 여관이라고 말한 것이었으나 굳이 수정하지 않았다. 히라는 푸석푸석해 보이지는 않았다. 어젯밤 잠들기 전에도 수분 크림을 얼굴에 얹는 것을 잊지 않았을 것이다. 멜라토닌 몇 알을 삼키고 억지로라도 필요한 수면 시간을 채웠을 것이다. 그녀는 불안하면 할수록 더 자신에게 몰두하곤 했다. 그녀의 잘 가꾸어진 외피는 그녀가 공들여 세운 보호소와 같았다. 그러므로 무너져서는 안 되는 거였다. 히라는 양팔로 자신을 껴안고 서서 찡그린 채 나를 쳐다봤다.

함께 살게 된 일곱 살 이후로 따로 밤을 보낸 것은 처음이었다. 늘 함께 누웠고 늘 내가 나중에 잠들었고 내가 먼저 깼었다. 히라가 잠들어 있으면 나는 깨서도 그냥 누워 있었다. 깨우지 않으려고 꼼짝 않고 누워 있었다. 그게 아무렇지 않았다.

히라는 자신의 목 주위를 매만지며 진정하려고 했다. 적어도 노력하고 있었다. 침대 주위에 입구가 찢긴 과자 봉지들과 색색의 젤리들이 보였다. 젤리 몇 개는 밟혀서 납작해져 있었다. 히라 발밑에는 뭔가 빛나는 흰 가루가 흩어져 있었는데 나는 조금도 놀랍지 않았다. 전에도 본 적이 있었다.

유괴되었다가 반나절 만에 경찰차를 타고 집에 돌아왔을 때, 지금처럼 바닥이 반짝이고 있었다. 설탕이었다. 히라가 퍼먹다 집어던진 설탕 가루들이 흩어져 반짝거리고 있었다. 사방에 반짝거렸다. 그녀는 그 복판에 주저앉아 초코크림을 병째 안고 먹고 있었다. 맛을 음미하는 것도 행복감을 느끼는 것도 아니었다. 그저 입안으로 밀어 넣는 거였다. 어두운 늪을 퍼 올려 마시는 것처럼 보였다. 늪을 다 먹어 없애려고 작정한 사람 같았다. 빠져 죽을 위험을 없애기 위해서. 문을 열고 들어선 나를 발견하고도 그 행동을 멈추지 못했다. 계속 먹으면서 도무지 멈추지 못하겠다는 듯이 히라는 얼굴도 구기지 못하고 눈으로만 울었다. 그날 나는 확실히 알았다. 히라는 존재로 나를 지배하고 있었지만 나는 부재로 히라를 지배할 수 있었다. 그것은 무서운 감각이었다. 누군가에게 영향을 끼친다는 것, 누군가를 팽창시켜 터트리거나 눌러 압사시킬 수 있다는 것, 아무리 숨으려 해도 영향을 주고받은 누군가를 통해 내가 발각당하고 만다는 것. 그로인해 내가 증명되고 만다는 것. 그리고 그 모든 것이 내가 깨닫기도 전에 이미 시작되어 있다는 사실이, 무서웠다.

검은 원피스를 내게 골라 입히고 머리를 빗겨 준 다음 이번엔 자기 머리를 빗으려고 거울을 들여다보다가 히라가 별말이 아닌 것처럼 툭 물었다.

"혹시 승지 아니야?"

"무슨 뜻이야?"

"넌 늘 구분했잖아. 죽은 게 정말 승희냐고."

나는 위가 딱딱해지는 걸 느꼈다. 그래서 딱딱하게 대답했다.

"승희 맞아."

그녀가 갑자기 울음을 터트렸다. 딛고 서 있던 얼음장이 한꺼번에 와장창 깨지는 것 같은 울음이었다. 나는 자동적으로 의자에서 반쯤 일어났다. 그러나 바로 다음 순간, 히라는 자신의 양손으로 입을 세게 틀어막아 소리를 못 내게 했다. 울음에 휘청거리던 몸을 다

169

시 꼿꼿이 했다. 한동안 그렇게 누르고 있었다. 그리고 거울을 향해 다시 고개를 들었을 때는 운 적 없다는 얼굴이었다. 여러 줄기로 흘러내린 뺨의 눈물을 샤워 후 남은 물기라도 되는 것처럼 쓱쓱 닦았다. 그리고 다시 머리를 빗기 시작했다. 나는 주저하다 다시 그대로 의자에 앉았다.

"내가 지금보다 더 아름다울 수 있을까?"

마치 지금 가장 중요한 건 그거라는 듯이 히라가 물었다. 나는 지상으로부터 벗어나기 위해 막 솟구치기 시작한 백색 기둥처럼 빛나는 그녀의 뒷모습을 바라보았다.

응시에 대한 승희의 말이 떠올랐다. 그저 바라볼 뿐이라고 생각했던 나의 시선도 어쩌면 어떤 역할을 했을지 모른다는. 히라의 시선이 나에게 그랬듯이. 응시를 받아 마시고 자라난 거대한 무언가에 떠밀려 그녀는 점점 더 그릇된 방향으로 달려갔을지도 모른다.

기다리는 뒷모습을 향해 나는 작별 인사를 대신해 대답했다. 갈라진 목소리가 나왔다.

"아마 미친다면 더 아름다울 거야."

네가 아름다워서가 아니라 네가 아픈 사람이었기에 네 곁에 있었다. 빛나야만 하는 너의 병이 나를 그늘이 되게 해 주었기 때문에. 너의 어두운 배경이 되게 해 주고, 네 뒤의 벽지가 되게 해 주었기 때문에. 너만을 주목하는 세상의 무관심이 나를 안도하게 했다.

내가 존재하지 않는 것처럼 느끼게 해 주었다. 그래서 내가 가장 후회하는 건 바로 그런 나였다. 너를 다 허락하고 너를 바라보기만 한 나였다.

우리는 견고했지만 각자의 안에서 더 견고했다. 우리는 손끝이 닿은 적도 심지어 아직 만난 적조차 없을지 몰랐다. 있는 그대로의 히라를 이해하고 싶었다. 그녀가 압사당하지 않고 살아남기 위해 선택한 여러 방식들을, 설사 왜곡된 방식이었다 해도 그러므로 이해할 수 있다고 생각했었다. 이해는 했으나 끝내 동의하지는 못하고 말았다.

문 앞에서 승지는 기다리고 있었다. 주머니에 양손을 꽂고 계단에 서 있었다. 무언가 다른 존재로 변하기 직전의 어떤 암시처럼 서 있었다. 잠시 임시로 소년의 형상을 하고 있을 뿐 곧 변모할 것처럼 서 있었다. 하지만 여자로 변하지는 못했다. 장례식이 끝나고 2개월 뒤에 승지는 우리에게 한마디 말도 없이 엄마와 떠났다. 우리에게 말하지 않고 몇 번 엄마를 만났다고 한다. 둘 사이에 어떤 대화와 계획이 혹은 거래가 오고 갔는지는 알 수 없지만 그렇게 엄마와 가 버렸다. 그 둘은 전혀 어울리지 않는 조합이었기에 나는 가끔 생각하곤 했다. '가파른 계단 같은 엄마를 승지가 헛디뎌 떨어지면 어떡하지.' 하고. 자주는 아니고 가끔 생각했다. 어쨌든 그것은 2개월 뒤의 일이고 지금 눈앞의 승지는 우리를 돌아보았다. 우릴 보더니 그는 말없이 앞장섰다. 그러나 히라가 습관처럼 승지를 앞질러 걸었다. 두 사람의 몸이 스치면서 승지의 소매 끝 단추가 히라의 원피스 소매 레이스에 걸려 엉키게 될 줄은 누구도 몰랐다.

"그냥 당기면 돼."

승지가 말했다.

"당기기만 해 봐! 망치면 가만 안 둬."

장례식을 위해 히라가 몇 시간이나 고르고 골라서 산 원피스다. 온통 검은색이면서도 디테일이 예쁜 것을 찾느라 얼마나 신경 썼는지 모른다. 레이스를 구성하는 실 하나만 끊어져도 용서하지 않을 기세였다. 어쩔 수 없이 히라의 고집대로 둘은 다시 집으로 들어가야 했다. 반드시 이 층 방 책상 오른쪽 서랍에 있는 반짇고리 속 은색 손가위를 사용해서 잘라야 한다고 했다. 주의하지 않으면 다른 부분까지 자르게 될지 모른다고 히라는 중얼거렸다.

승지와 히라는 수갑을 한쪽씩 찬 것 같은 모습으로 집으로 들어갔다. 나는 현관 앞 계단에 앉아 기다렸다. 어디선가 대량의 종이를 태우는 냄새가 났다. 엉덩이가 시려 왔다. 그때 노란 봉고차가 눈앞으로 미끄러지듯 지나갔다. 왠지 익숙해 나도 모르게 눈으로 차를 쫓았다. 차는 골목을 돌아 사라졌다. 다시 앞으로 고개를 돌렸을 때 거기 그가 서 있었다. 9년 전에 나를 유괴했던 사람, 이서였다.

"그때도 넌 곤두선 검정 같더니. 지금도 검다."

상복을 입어서라고 설명하지는 않았다. 그는 여전히 삽의 끝처럼 차고 축축했다. 더 늙은 것 같기도 하고 더 어려진 것 같기도 했다. 가늠할 수 없었다. 몹시 피곤해 보였지만 그 피곤과 몹시 사이가 좋아 보였다. 그를 쫓아온 것처럼 빗방울이 떨어지기 시작했다.

"네가 꼭 봐 줘야 하는 게 있는데, 갈래?"

나는 일어섰다.

차에서 잠이 든 모양이었다. 깨어보니 창고 같은 장소였다. 어딘지 곧 알 수 있었다. 훨씬 더 어지럽혀져 있고 엉망이었지만 처음 유괴해 데려갔던 거기였다. 시계는 없었지만 새벽 4시 반이나 5시쯤으로 느껴졌다. 동이 트기 직전의 공기 냄새가 났기 때문이다. 모호한 시간이었다. 들숨의 맛이 써지고 뇌가 약간 부푼 느낌이 드는 그런 시간. 작은 날벌레 몇 마리만이 온전히 허공을 차지하는, 긴장과 나른함이 손톱 끝을 깨무는 그런 새벽이다. 나는 오늘의 새벽을 잊지 못하리라는 걸 알았다. 온통 물감이 묻어 더러운 담요에서 몸을 일으켰을 때 눈앞에 세워진 커다란 캔버스가 보였기 때문이다. 등신대 크기의 그림이었다.

처음 보는 여자를 그린 그림이었는데 보자마자 엄마라는 걸 알았다. 혈색이 나쁜, 잿빛이 감도는 얼굴이었다. 생각보다 훨씬 어린 소녀라는 것에 나는 놀랐다. 엄마라는 점 때문에 미처 깨닫지 못했지만 그러고 보면 지금의 나와 비슷한 나이였다. 엄마는 소녀였다. 표정이 담기지 않은 눈이 정면에서 약간 빗겨 나간 곳을 응시하고 있었고 치마를 입고 나무 의자에 앉아 있는 모습이었다. 그리고 임신해 있었다. 만삭에 가까운 둥근 배를 두 팔로 안고 있었다. 보여 줘야 한다던 게 이 그림이었다.

그림을 보자 알 수 있었다. 이서가 나를 유괴한 이유. 나는 나이기 때문에 유괴된 것이 아니었다. 한때 그녀의 내부에 살았기에 유괴된 것이었다. 한때 그녀의 세포였고 그녀를 차지한 부피였고 그녀를 두드린 발길질이었고 그녀에게 구토를 유발했으며 아마도 그녀의 자의와는 상관없이 발생했으면서도 그녀를 한때 온전히 차지하고 있었기에 유괴되었다.

문이 열리고 그가 들어왔다. 길든 들개처럼 주척주척 다가오더니 쇠로 된 물컵을 내밀었다. 고개를 저었다. 이상하게 목이 전혀 마르지 않았다.

"얌전히 모델이 되어 주던가요?"

그가 머리를 다친 사람처럼 느리게 고개를 저었다.

"부탁을 하나 들어달라고 하더라. 그럼 자기도 내가 원하는 걸 하나 들어주겠다고. 난 너를 그리고 싶다고 했지."

그가 그리고 싶다고 한 '너'가 엄마를 뜻하는 건지, 엄마 배 속의 나를 뜻하는 건지 잠깐 혼란스러웠다. 물론 전자일 거였다.

나는 그의 다음 말을 기다렸다.

"배가 불러 오기 시작하면서 밖에 안 나왔어. 방문을 걸어 잠그고 은둔한 지 반년이 넘었을 때였지. 졸업식이 끝나고 며칠 뒤였나, 전화가 왔다. 차분한 것 같은데 들뜨기도 한 목소리였어. 재이는 라이터 하나만 가져다달라고 했어. 난 곧바로 그렇게 했지. 왜 필요하냐고, 뭘 할 거냐고 묻지도 않았어."

가지고 왔으니 어서 문을 열어 달라고 하자 그녀는 정말이냐고 물었다. 이서는 라이터 점화 소리를 들려주었다. '찰칵' 그 소리를 듣자 문을 열어 주었다. 열린 문틈으로 라이터를 받고 그녀는 미소 지었다.

"사람들이 방화범이라고 할 때 왜 사실대로 말하지 않았어요? 아니라고."

"왜냐면…… 만약 재이가 불을 질러 달라고 했다면 난 그렇게 했을 테니까."

그림 속의 엄마는 무표정했다. 별다른 생각은 없어 보였다. 어디서나 볼 수 있는, 고민하고 자폐적인, 기운을 잃은 소녀 같았다. 도대체 어떤 사람이었는지 전혀 알지도 못하면서 그럼에도 불구하고 마치 쏟아져 들어오듯이 나는 그녀를 알 것 같았다.

왜 문을 두들기는 친구에게 그렇게 잔인한 말을 할 수 있었는지 알 것 같았다. 자신의 우울이 전염되지 않도록 그녀는 자신을 격리시키고 버티다가 마침내는 점화하고 태워 버렸다. 재가 되어 버렸다. 네 쪽으론 숨도 쉬지 않겠다고 한 것은 그래서였다. 그녀는 이영에게 자신이 옮을까 봐 우려했던 것이다.

점점 솟아오르는 자신의 둥근 배에 대고 엄마가 속삭여 주기라도 한 것처럼, 그 속삭임을 기억하기라도 하는 것처럼, 나는 그걸 알 수 있었다. 언젠가 이영에게 그걸 말해 줘야 할까? 잠시 생각하고 나는 말하지 않기로 했다. 영원히 해소되지 못하는 편이 이영을 살게 할 것이다.

이서가 물감이 여기저기 묻은 옷 주머니를 뒤적였다. 연필 한 자루를 꺼내더니 내게 내밀었다. 나는 이유를 묻는 눈으로 쳐다봤다.

"제목. 제목을 지어 줘."

나는 그림을 다시 보았다. 그림 아래쪽에 제목을 써넣으려고 만든 공간이 있었다. 비어 있었다.

"네가 꼭 봐 줘야 했어. 너만 이 그림에 제목을 지을 수 있으니까."

그가 흑판 같은 눈으로 말했다. 나는 연필을 받아 쥐었다.

평생을 나는 자신에 대해 생각해 온 게 있었다. 다르게는 생각할 수 없었다. 나는 나 자신을, 강으로 걸어 들어가는 한 소녀가 더 깊

이 가라앉기 위해 자궁에 주워 담은 돌멩이라고 밖에는 생각할 수
없었다. 그러므로 고심할 게 없었다. 태어나기 전부터 알고 있기라
도 했던 것처럼 나는 곧바로 제목을 떠올렸고 쓸 수 있었다. 그 제
목은 기이한 외면이었고 닫힌 문이었으며 자살의 발화점이기도 했
다. 무엇보다도 그 제목은 곧 나였다. 망설일 게 없었다. 나는 바로
제목을 써넣었다.

〈내상(內傷)〉

침몰을 예감하고 배에서 뛰어내리는 쥐 떼처럼, 흉터가 되던 열망들이, 흉내 내던 감정들이, 일제히 내게서 뛰어내렸다. 침몰 직전의 나로부터 도망쳐 나갔다.

전부 나가고 나자 남은 것은 단 하나였다. 나는 손으로 히라를 꺼냈다. 내게서 꺼내 가만히 쥐고 있었다. 손바닥으로 뜨겁고 미끌미끌한 감각이 전해졌다. 히라는 웅크린 심장 같은 모양을 하고 있었다. 따뜻하고 붉은 덩어리였다. 그녀는 손안에서 규칙적으로 미약하게 박동하고 있었다. 그런 생생하고 낯선 형상을 바라보고 있자니 조금 두근거렸다. 하지만 동요한 것은 아니었다. 나는 움켜쥔 손에 약간의 힘만 주면 된다는 것을 알았다. 그리고 그렇게 했다. 보기에는 윤기가 돌고 풍부한 즙을 머금고 있을 것 같았는데 아니었다. 실제로는 매우 메마르고 텅 비어 있었다. 내가 생각한 것보다 훨씬 약간의 힘을 준 것만으로도 그것은 손안에서 파삭 하는 소리를 내며 부서졌다.

문을 열고 밖으로 나왔다. 체내처럼 따뜻한 아침이었다. 눈이 부셔서 가늘게 뜨고 주위를 둘러보았다. 오래전 문을 닫은 공원은 이제 폐허였다. 모든 것에 녹이 슬어 있었다. 쇠 냄새가 났다. 바람도 없이 머리 위로 뭔가가 흔들렸다. 손으로 그늘을 만들어 올려다보았다. 분홍거미의 거미줄이 넓게 펼쳐져 있었다. 그걸 지나야만 걸어갈 수 있었다. 걸음이 잘 떼어지지 않았다. 종이처럼 무기력했다. 빛이 따뜻하다는 이유만으로도 쓰러질 수 있을 것 같았다. 그녀들이, 그들이, 당신들이, 내가 서로를 번갈아 교차하는 사이 만들어져 버린 이 투명한 그물에서 죽기 전엔 벗어날 수 없다는 압도. 나는 눈을 감았다. 이대로 분홍거미의 거미줄에 걸려 있고 싶었다. 거미줄에 걸려 말라가고 싶었다. 그러나 나는 통과시킬 거였다. 빛도 응시도 마음도 대부분의 중요한 것들을 다 통과시키고, 통과시키기에 나는 살 거였다. 때로 아름답고 아픈 사람을 주워 자해하며, 자해하기에 나는 살 거였다. 다시 눈을 떴다. 눈앞이 은색으로 따끔따끔 아팠다. 그리고 그럼에도 불구하고 나는 거미줄을 후— 불었다.

작가의 말

동굴 속에 사는 생물들은 시력이 퇴화하고 더듬이나 감각모만 발달한다고 한다. 한참을 어두우면 눈은 의미가 없어지므로. 그래서인지 나의 생각은 시야가 제한적이고 허약하다. 그래서 더듬거리고, 더듬거려 쓴 글을 스스로 의심한다. 제대로 썼을 리 없다고. 그 미숙함과 부족함을 절감하기에 이 책을 만들어 주신 분들과 읽어 주신 분들께 더 감사하고 죄송한 마음이다.

글을 쓰는 것이 즐겁지 않았다. 안 쓸 수만 있다면 안 쓰고 싶었다. 안 쓸 수가 없어서 쓴다. 글은 돌 같다. 그래서 글을 안 쓸 수 없는 것 같다. 내 위에 올려 두려고. 나를 꾹 눌러 줄지도 모른다고 생각해서. 세상에 붙어 있도록 글이 문진 역할을 해 줄지도 모른다고 생각해서.
확신이 없어 어수선하던 나를 상냥하게 도와주신 분들에게 진심으로 감사드린다.

장혜서